André Müller sen.

Über das Unglück geistreich zu sein

oder 450 Anekdoten über Philosophen, Künstler, Päpste und Politiker

Eulenspiegel Verlag

Inhalt

Es war eine Frühlingsnacht im Park der Stadt C. Der Mond war aufgegangen und hatte seine milde Herrschaft angetreten, der sich, nach einem für die Jahreszeit zu heißem Tag, alle Geschöpfe willig beugten. Die Sterne, die seinen Hofstaat bildeten, funkelten in strenger Ordnung vor sich hin, und der Wind hatte in dieser Nacht keinerlei Lust, die Rolle des Jakobiners zu spielen; er war sanft in einem Gehölz eingeschlafen. Die Luft war mild und angefüllt von den Düften der Blüten und Blätter, die sich ihrerseits bereitmachten, den Tau zu schlürfen, den die Nacht zu bringen versprach. Vom Lärm der Stadt scholl nichts mehr herüber, und die Tiere, die den Park bewohnten, schliefen, müde vom Geschäft der Paarung und der Nahrungssuche, in ihren Nestern und Höhlen. So lag ein Hauch von Paradies über allem, mit einer besonders starken Beimischung von frischem Grün. Kurz: Es war eine Nacht, sich zu verlieben, und eben das hatten Henriette und Robert getan.

Sie gingen, eng aneinandergelehnt, wie man in einer solchen Nacht geht: halb träumend, halb wachend und ganz ineinander versunken. Von Zeit zu Zeit blieben sie stehen, um sich zu küssen, um sich enger aneinanderzuschmiegen und um sich ihrer Gefühle neu zu versichern. Henriette war 27 Jahre alt, 1,72 Meter groß und hatte jene schlanke Figur, die nach dem Zweiten

Weltkrieg so sehr in Mode gekommen ist. Aber ein kaum merkbarer Ansatz zur Üppigkeit, durch streng eingehaltene Diättage mit mageren Quarkspeisen vollkommen gebändigt, verwies auf eine erstaunliche Sinnlichkeit, die in Robert, der sie instinktiv wahrnahm, die angenehmsten Erwartungen hervorrief. Ihr Haar war kastanienbraun, wozu die grauen Augen in einem deutlichen Gegensatz standen, die unverkennbar auf Entschlossenheit schließen ließen, was wiederum zu streng hätte wirken können, wäre da nicht die Fähigkeit dieser Augen gewesen, über die Dinge der Welt zu lachen und sie nicht ganz ernst zu nehmen. Henriettes Nase war die in Mitteleuropa übliche, also mit einem Nasenrücken, der unter der Stirn leicht zurücksprang. Ihr Mund, der Kraft, Furchtlosigkeit, Entschlossenheit und Klugheit verriet, war entschieden zu groß. Aber zwei liebliche und stets leicht gerötete Wangen gaben ihrem Gesicht die Harmonie im Ganzen, die den Einzelteilen fehlte, und der Charme, der Henriette so ungewöhnlich eignete, ließ ihr Gesicht ebenso zierlich wie schön wirken.

Robert seinerseits war blond gelockt, wenn Letzteres eigentlich auch nur am Ende der Haare der Fall war, die er à la mode bis auf die Schultern trug. Die leichte Wellung unten erinnerte stark an die Haartracht Dürers auf einem seiner frühen Selbstbildnisse, und da Roberts Gesicht oval und ebenmäßig war, erinnerte es auch an jene Gemälde, in denen Jesus so wohlgekämmt, mild und schön dahinschreitet oder sich mit morgenländischen Schönheiten unterhält. Und dies muss hier in aller Ehrlichkeit zugegeben werden, obwohl man so etwas als Mann höchst ungern zugibt: Robert war, mit einer sportlichen Figur, einer Körpergröße von 1,80 Meter und einem Alter von 32 Jahren, ausgesprochen schön, viel schöner jedenfalls, als es Männer gemeinhin sind. Und um auch dies nicht auszulassen: Henriette und Robert zusammen bildeten ein höchst angenehmes Paar.

Der Parkweg, dem sie gemächlich folgten, führte rechts an einem Teich vorbei, der in englischer Manier angelegt worden war. Hinter einer kleinen Insel, die den längst hier heimisch und zutraulich gewordenen Wildenten als bevorzugter Brutplatz diente, weitete sich der Weg zu einer Estrade aus, die leicht über das Wasser vorragte und von deren steinerner Brüstung aus ein wunderschöner Blick auf den silbern daliegenden Teich und die ihn umgebenden Wiesen und Gehölze möglich war, deren dunkle Konturen sich gegen den hellen Nachthimmel abhoben.

Henriette und Robert gaben den Verlockungen nach, betraten langsam die Estrade, gingen bis zur Brüstung vor und bewunderten das nächtliche Panorama. Ihre Stimmung war die allerbeste, und Robert verwies Henriette auf die Harmonie, die die kleine Parklandschaft in dieser Frühlingsnacht unzweifelhaft besaß. »Wenn mich etwas in der Natur fasziniert«, sagte er zu Henriette, diese dabei enger an sich drückend, »dann ist es die in ihr wohnende Weisheit, die diese Harmonie möglich macht«, wobei er vollkommen vergaß, dass hier eigentlich die menschliche Kunst, Natur harmonisch zu gestalten, zu bewundern gewesen wäre. »Ja«, führte er indessen diesen Gedankengang fort, »die Natur ist weise, und weise müsste man sein! Kennst du eigentlich den Sokrates?«

»Nein«, sagte Henriette, die es ungemein schön und anziehend fand, dass Robert ihr seine Gedanken mitteilte, »oder doch; war das nicht dieser alte griechische Philosoph, den sie mit einem Gifttrank umgebracht haben, der als höchstes Ziel menschlichen Daseins den Lebensgenuss lehrte und der in einer Tonne wohnte?«

»O mein Schatz«, entgegnete Robert lachend, »der Einfachheit halber hast du gleich aus Sokrates, Aristippos und Diogenes eine einzige Person gemacht!« Henriette lachte amüsiert auf, und da Robert das starke Bedürfnis empfand, diesen

Mangel in Henriettes Bildung zu beheben und so neben seiner Schönheit auch seinen Geist zur Geltung zu bringen, sagte er zu ihr: »Ich kenne einige hübsche Anekdoten über Sokrates; magst du sie hören?«

»Aber gerne«, stimmte ihm Henriette zu und lehnte sich erwartungsvoll zurück, Robert mit einem strahlenden Blick belohnend.

Und er erzählte, geistreich wie er war, zehn Anekdoten über Sokrates.

Sokrates

Sokrates von Athen war der Sohn eines Bildhauers und einer Hebamme. Er sah sich frühzeitig veranlasst, Philosoph zu werden, und da er mit der Naturphilosophie nicht zurechtkam, erklärte er kurzerhand, sie tauge nicht für den Menschen. So wandte er sich der Sittenlehre zu.

Um herauszubekommen, wie die Menschen lebten, forschte er interessiert in ihrem Privatleben nach, was diese ihm mit erlesenen Schmähreden heimzahlten.

Bei einer dieser eingehenden Befragungen erhielt Sokrates anstelle der erbetenen Auskünfte solide Fußtritte. Einer seiner Schüler sah sich deshalb zu der Frage veranlasst, warum er sich das gefallen lasse.

»Wieso nicht?«, antwortete Sokrates. »Wenn mich ein Esel getreten hätte, so hätte ich ihn doch auch nicht gerichtlich belangt.«

Mit der Mehrzahl der Philosophen seiner Zeit teilte Sokrates die Meinung, es gehöre sich für einen Weisen, genügsam zu leben und keine Schuhe zu tragen. Trotzdem zog es ihn immer wieder zum Markt, wo er die Fülle der Waren betrachtete.

Was er hier treibe, wollte ein Freund wissen, er kaufe doch nichts.

»Ich staune nur darüber«, erwiderte Sokrates, »wie viele Dinge es gibt, deren ich nicht bedarf.«

Der Feldherr Iphikrates litt trotz seiner militärischen Erfolge an mangelndem Selbstbewusstsein, was sich in der Liebe als hinderlich erwies. Nachdem eine Hetäre ihm einen Nebenbuhler vorgezogen hatte, fragte er Sokrates um Rat.

Die Konsultation war erfolgreich; man wollte deshalb von Sokrates wissen, wie er dem Iphikrates geholfen habe.

»Auf eine natürliche Weise«, antwortete dieser, »ich habe ihn zu den Kämpfen zwischen den Hähnen des Barbiers Meidias und denen des Kallias mitgenommen.«

In einem Gespräch über den Philosophen Antisthenes führte man gegen dessen Lehre den gewichtigen Beweis an, er sei kein reinblütiger Athener, sondern von einer thrakischen Mutter geboren worden.

»Sein Vater kann auch kein Bürger unserer Stadt gewesen sein«, stimmte Sokrates zu, »oder glaubt ihr vielleicht, ein so vortrefflicher Mann stamme von zwei Athenern ab?«

Xanthippe verbrachte einen großen Teil ihrer Zeit damit, ihren Gatten öffentlich zu schmähen, unaufhörlich zu schnattern, zu keifen oder ihm seine Zeit mit Vorhaltungen zu verderben. Selbst Prügel bezog Sokrates gelegentlich von ihr.

Als sich Sokrates, aus reiner Vaterlandsliebe, dem Beschluss der Athener beugte, dass ein Mann – zur Auffüllung der Lücken in der männlichen Bevölkerung – neben seiner Ehefrau auch mit einer anderen Kinder zeugen dürfe, nahmen seine häuslichen Leiden beachtlich zu. So verglich Xanthippe ihn eines Morgens nicht nur mit der Mehrzahl der Geschöpfe des Tierreichs, sondern schüttete zum Abschluss einen Kübel Abwaschwasser über ihn aus. »Sagte ich nicht«, kommentierte Sokrates den Vorfall, »dass Xanthippe, wenn sie donnert, auch Regen bringt.«

Philosophisch war Sokrates ein hartnäckiger Gegner der materialistischen Weltbetrachtung. Da er die wissenschaftliche Naturerkenntnis als eine gottlose Sache ablehnte, bestritt er auch die Gesetzmäßigkeit von Naturerscheinungen.

Es gebe doch zahlreiche Beispiele, hielt man ihm vor; wie er da noch leugnen könne.

»Aus gutem Grund«, erwiderte Sokrates. »Weil ich seit zwanzig Jahren mit Xanthippe verheiratet bin.«

Ohne auf den Zustand seines Vermögens und den seiner Vorratskammer zu achten, lud Sokrates einige Bekannte zum Essen ein. Seine Frauen hatten wegen der Bewirtung Angst und machten ihm Vorhaltungen.

»Nur Mut«, verteidigte sich Sokrates, »man muss das philosophisch nehmen: Sind unsere Gäste maßvoll, werden sie sich in alles schicken; sind sie aber Schlemmer, dann Gott befohlen mit ihnen.«

Einer seiner Schüler fragte Sokrates, ob man heiraten solle oder nicht.

»Das ist gleich«, riet ihm der Philosoph, »aber was immer du tust, wirst du hinterher bereuen.«

Nachdem sich Sokrates mit den einflussreichsten Größen Athens überworfen hatte, wurde er angeklagt, die vom Staat anerkannten Gottheiten durch ein neues göttliches Wesen ersetzen zu wollen und die Jugend zu verführen. Die Anklage zielte auf die Todesstrafe, hatte aber wenig Aussicht durchzukommen. Zwar sprach man Sokrates schuldig, forderte ihn jedoch auf, die Strafe selbst festzusetzen. Er schlug eine Zahlung von fünfundzwanzig Drachmen vor.

Einer seiner Freunde verließ die Versammlung und fragte Sokrates später entsetzt, wieso er zum Tod verurteilt worden sei.

»Fünfundzwanzig Drachmen waren ihnen nicht recht«, berichtete ihm Sokrates. »Als sie mich aufforderten, eine neue Strafe festzusetzen, habe ich als Lohn für meine Verdienste eine öffentliche Speisung im Prytaneion verlangt.«

Nach der Verurteilung des Sokrates versuchte Xanthippe ihm mit dem Hinweis Trost zu spenden, er sterbe ungerechterweise.

»Wünschest du etwa«, murrte Sokrates, »dass ich gerechterweise stürbe?«

»Ein etwas merkwürdiger Herr, dieser Sokrates!«, sagte Henriette lachend, die vergnügt zugehört hatte. Und da sie das Bedürfnis verspürte, einerseits geküsst zu werden und andererseits Robert für seine lustigen Geschichten mit einer kleinen Schmeichelei zu danken – die sie übrigens in diesem Augenblick nicht als Schmeichelei, sondern als ein ihm gebührendes Lob begriff –, vereinte sie klugerweise beide Bedürfnisse zu einem einzigen und fügte ihrem Satz hinzu: »Aber so gut zu küssen wie du, verstand Sokrates sicherlich nicht!«

Robert, der diese Schmeichelei entzückt genoss und der darin enthaltenen Aufforderung auf der Stelle nachkam, sagte, als er wieder zu Atem gekommen war: »Aristippos, du weißt schon, der mit dem Lebensgenuss, ist mir allerdings auch sehr viel lieber.«

Und er erzählte, geistreich wie er war, zehn Anekdoten über Aristippos.

Aristippos

Der Philosoph Aristippos aus Kyrene war der Erste, der den Genuss, speziell den sinnlichen, als höchstes Lebensziel pries. Er wurde von Sokrates und Platon deshalb mit Verachtung angesehen. Aristippos ließ sich dadurch nicht stören und ging, der Genüsse wegen, die sich dort boten, immer wieder an die üppige Tafel des Dionysios, auf den er Einfluss hatte.

Dieser versuchte von Zeit zu Zeit, den Philosophen zu beleidigen. So spuckte er Aristippos bei einem Gastmahl an und fragte verwundert, warum er sich das gefallen lasse.

»Wie«, entgegnete Aristippos, »wenn die Fischer es sich gefallen lassen, vom Meerwasser bespritzt zu werden, um einen Gründling zu fangen, soll ich mich da nicht mit etwas Speichel bespritzen lassen, um zu einem ganzen Fischgericht zu kommen?«

Diogenes aus Sinope war der Einzige der Athener Philosophen, der dem Aristippos wohlgesinnt war. Er rühmte an ihm, er wisse auf seine Weise, jeder Lebenslage die beste Seite abzugewinnen. Aber er hänselte ihn auch gern. Als Diogenes eines Morgens dabei war, Kraut zu waschen, das seine Mahlzeit darstellte, sagte er spottend zu Aristippos, wenn er gelernt hätte, sich mit solcher Kost zu begnügen, so hätte er sich nicht zum Dienst an Tyrannenhöfen erniedrigen müssen.

»Und hättest du gelernt, mit Menschen umzugehen«, antwortete Aristippos, »so brauchtest du dich nicht mit Krautwaschen abzugeben.«

Um seinen Geschmack zu prüfen, ließ Dionysios bei einem Fest dem Aristippos drei weibliche Schönheiten vorführen und forderte ihn auf, sich eine davon auszuwählen.

Aristippos betrachtete sie sorgfältig, führte sie dann alle drei weg und sagte: »Auch dem Paris hat es keinen Segen gebracht, einer den Vorzug zu geben.«

Aristippos schätzte es, sich für Freunde einzusetzen. So bat er bei dem Dionysios für einen Freund, der in Not war. Da er kein Gehör fand, fiel er zu Boden und küsste dem Dionysios die Füße. Die Bitte wurde daraufhin gewährt.

Später beschimpften ihn seine Freunde: Was er getan habe, sei eines Philosophen unwürdig.

»Wieso?«, fragte Aristippos. »Was kann ich dafür, dass Dionysios seine Ohren nicht am Kopf, sondern an den Füßen hat?«

Die berühmte Hetäre Lais war eine Zeit lang die Geliebte des Aristippos. Die Verbindung galt den Schülern Platons als unehrenhaft. Er lebe mit einer Dirne zusammen, warf man ihm vor, die vor ihm zahlreiche andere Männer gehabt habe.

»Was macht's«, sagte Aristippos, »ich bewohne auch ein Haus, das vor mir schon andere Bewohner hatte.«

Eine andere Hetäre, in deren Gunst sich Aristippos mit mehreren Liebhabern teilte, sagte ihm eines Tages, sie sei von ihm schwanger.

»Merkwürdig«, sagte Aristippos, »dass du das so genau wissen willst. Ebenso gut könntest du sagen, du wärst bei einem Gang durch ein dichtes Binsengestrüpp von einer bestimmten Binse gestochen worden.«

Zwei reiche Athener stritten sich über die Tugend. Der eine behauptete, sie sei himmlischer, der andere, sie sei irdischer Natur. Aristippos wurde gefragt, welcher von beiden recht habe.

»Keiner«, antwortete der Philosoph. »Der eine melkt einen Bock, und der andere hält ein Sieb unter, um die Milch aufzufangen.«

Aristippos hatte die Meinung vertreten, der wahre Philosoph könne nie in Verlegenheit geraten. Als er wieder einmal Geld brauchte und den Dionysios um welches bat, hielt der ihm den Satz vor.

»Gib mir das Geld«, sagte Aristippos, »und ich werde dir beweisen, dass ich recht habe.«

Dionysios war gespannt und gab Aristippos das Geld.

»Nun«, sagte Aristippos, »bin ich in Verlegenheit geraten?«

Eine reiche Tafel zu halten gehörte für Aristippos zu den großen Genüssen des Lebens. Er ließ nichts aus und wandte große Beträge auf, um stets die besten Speisen im Überfluss zu haben. Einer seiner Schüler warf ihm deshalb Verschwendung vor.

Ob er alle diese Speisen nicht auch kaufen würde, fragte Aristippos den Schüler, wenn er sie für drei Obolen bekäme.

Natürlich, meinte dieser.

»Ich bin also nicht lustgieriger«, sagte Aristippos, »als du geldgierig bist.«

Bei einem Gastmahl fragte Dionysios den Aristippos, weshalb die Philosophen an den Türen der Reichen anklopften, die Reichen aber nicht an den Türen der Philosophen.

»Ganz einfach«, erwiderte Aristippos. »Weil die Philosophen wissen, was ihnen nottut, die Reichen aber nicht.«

»Auch mir gefällt Aristippos entschieden besser als Sokrates«, sagte Henriette und bedachte nun ihrerseits Robert mit einem Kuss, dessen genauere Beschreibung hier aus Gründen der Schicklichkeit unterbleibt. Und da sie bemerkte, wie sehr Robert es genoss, sein Wissen und seinen Geist vor ihr auszubreiten, sagte sie, ihn ermunternd: »Und was ist mit Diogenes, dem ich das Unrecht zufügte, ihn mit den beiden anderen in einen Topf zu werfen?« Lächelnd fuhr sie fort: »Ich mag es nämlich gern, wenn du erzählst!«

»Ich werde dich nicht in dieser entsetzlichen Ungewissheit lassen«, antwortete Robert.

Und er erzählte, geistreich wie er war, zehn Anekdoten über Diogenes.

Diogenes aus Sinope

Diogenes aus Sinope, der in Athen in einem Fass wohnte, stritt sich auf dem Marktplatz mit einem Sophisten. Dieser rühmte sich, ihm durch die Kunst der Schlussfolgerung alles beweisen zu können. Diogenes verlangte ein Beispiel.

Das, was er nicht verloren habe, habe er folglich noch, sagte der Sophist. Diogenes habe keine Hörner verloren, also sei er ein Gehörnter.

»Diese Schlussfolgerung ist gut«, antwortete Diogenes und fasste sich an den Kopf. »Aber wo sind die Hörner?«

Platon und seine idealistischen Lehren waren Diogenes ein Gräuel. Als er bei einem prunkvollen Gastmahl sah, wie Platon sich nur an die Oliven hielt, fragte er ihn verwundert, weshalb er hier, wo es alles in Hülle und Fülle gebe, sich den Genuss versagte; er habe doch erst kürzlich, der Tafelfreuden wegen, eine große Seereise nach Syrakus in Sizilien gemacht.

Er schwöre bei den Göttern, antwortete Platon, dass er sich auch in Sizilien meist an Oliven und dergleichen gehalten habe.

»Wozu denn«, erwiderte Diogenes, »hattest du es nötig, nach Syrakus zu fahren? Es gab doch damals auch Oliven in Attika.«

Platon hatte mit seinen Jüngern lange über den Menschen nachgedacht und dann die Definition aufgestellt, der Mensch sei ein federloses zweifüßiges Tier. Die Definition fand allgemeinen Beifall.

Als Diogenes davon hörte, besorgte er sich einen Hahn, rupfte ihm die Federn aus und brachte ihn Platons Schülern mit den Worten: »Hier habt ihr Platons Menschen.«

Platon hielt seine Definition trotzdem aufrecht, fügte aber künftig hinzu: »Mit platten Nägeln.«

Da Diogenes die Leidenschaftslosigkeit predigte sowie die Gleichgültigkeit gegen Reichtum, Ruhm, Ehre, Ehe, Familie und Politik, hielt er nicht viel von großen Männern. Alexander der Große bewunderte ihn deshalb und besuchte ihn in Athen.

Er traf Diogenes in seiner Behausung, dem Fass, in dem er ausruhte. Ob er ihm einen Wunsch erfüllen könne, fragte Alexander. Zu seiner Verwunderung nickte Diogenes und sagte: »Ja, geh mir aus der Sonne.«

Der philosophischen Aufklärung wegen scheute Diogenes vor nichts zurück. So ging er öfter auf den Marktplatz von Athen und onanierte. Als man ihn fragte, weshalb er das tue, sagte er: »Um zu beweisen, dass es gut wäre, wenn man sich seinen Bauch ebenso reiben könnte, um seinen Hunger zu stillen.«

Um die Großen von Athen zu ärgern, ging Diogenes häufig zu luxuriösen Gastmählern und beschimpfte die Anwesenden, sie seien goldwollige Schafe. Als er wieder einmal auf diese Weise Philosophie trieb, nannte man ihn einen Hund und warf ihm Knochen zum Fraß vor.

»Gut«, sagte Diogenes und bepisste die Gäste, »wenn ich essen soll wie ein Hund, kann ich mich auch benehmen wie ein Hund.«

Ein Priester wollte Diogenes von der Existenz der Götter überzeugen und verwies auf die Weihgeschenke, die Schiffbrüchige in Samothrake nach ihrer glücklichen Rettung den Göttern gemacht hatten. Angesichts dieser vielen Weihgeschenke, so meinte der Priester, könne man doch nicht mehr an der Existenz der Götter zweifeln.

»Und was beweist die Liste der Ertrunkenen?«, fragte der Philosoph.

Diogenes lebte von dem, was er auf dem Markte fand oder was er sich erbettelte. Eines Tages traf man ihn vor einer Bildsäule aus Stein, die er unausgesetzt um milde Gaben anflehte.

Was er damit bezwecke, fragten ihn Passanten, die dem Schauspiel beiwohnten.

»Ich übe mich in der Kunst«, antwortete Diogenes, »mir etwas abschlagen zu lassen.«

Ein Schüler Platons, der Schwierigkeiten mit der Grammatik hatte, besprengte sich in der Öffentlichkeit mit geweihtem Wasser, und Diogenes fragte ihn interessiert, was er damit bezwecke. Er wolle sich auf diese Weise von seinen Sünden reinigen, antwortete der Jüngling.

»Merkwürdig«, sagte Diogenes. »Glaubst du, dass deine Sünden gegen die Grammatik auf diese Weise auch weggehen?«

Die Hetäre Phryne wollte etwas für ihr Seelenheil tun und ließ in Delphi eine goldene Aphrodite als Weihgeschenk aufstellen. Natürlich wurde es angenommen.

Diogenes versah die Aphrodite deshalb mit der Inschrift: »Gestiftet und angenommen von dem liederlichen Griechenland.«

Henriette hatte mit der Aufmerksamkeit zugehört, die sich gebührt; nun stellte sie fest, wie sehr auch die Milde einer besonders milden Nacht beim Zuhören in Kühle umzuschlagen vermag. Jedenfalls wurde ihr kalt. Sie schmiegte sich also wieder enger an Robert an und sagte mit weicher Stimme: »Du begehst das entsetzliche Verbrechen, mich erfrieren zu lassen! Wollen wir nicht gehn?«

»Sofort«, stimmte Robert zu, drückte Henriette seinerseits eng an sich und verließ dann mit ihr die Estrade, nicht ohne mit ihr gemeinsam einen letzten Blick auf den friedlich schimmernden Teich geworfen zu haben. Beide gingen wieder auf den Parkweg zurück und folgten seinen Biegungen weiter. Sie hielten einen Augenblick ein, als sich im Gebüsch offenbar ein Tier ängstigte und leise piepte, aber dann sprangen sie – da Verliebte wie Kinder sind – mit einem gewaltigen Satz über eine acht Zentimeter breite Wasserrinne, die, eingemauert, den Parkweg kreuzte. Und genau an dieser Stelle machte Robert den Sprung von Athen nach Rom.

Und er erzählte, geistreich wie er war, zehn Anekdoten über Cicero.

Marcus Tullius Cicero

Der Redner, Politiker und Philosoph Marcus Tullius Cicero unterhielt sich mit Crassus über Philosophie. Dieser galt als der reichste Mann Roms und war für seine Geldgier bekannt.

Er sei ein Anhänger der Stoiker, versicherte Crassus, weil nach ihrer Lehre die Tugendsamen reich seien.

»Und ich dachte schon«, sagte Cicero, »weil sie behaupten, den Weisen gehöre alles.«

Während einer Gerichtsverhandlung, an der Cicero teilnahm, fragte der Anwalt Pontilius in einer Rede theatralisch: »Was ist das für ein Mensch, der bei einem Ehebruch ertappt wird?«

»Ohne Zweifel ein langsamer«, rief Cicero.

Nach mehreren Jahren gemeinsamer Herrschaft brach zwischen Pompejus und Cäsar der offene Bürgerkrieg aus. Überall flüchtete man vor den herannahenden Armeen zu einem der beiden Prätendenten. Auch Cicero wurde gefragt, was er zu tun gedenke.

»Ich weiß wohl«, erwiderte er, »vor wem, aber nicht, zu wem ich fliehen soll.«

Im Senat hatte Cäsar den Antrag eingebracht, die Campanischen Ländereien an die Soldaten des Pompejus zu vergeben, mit dem er zu dieser Zeit noch gemeinsam die Macht ausübte. Ein Teil der Senatoren war empört, und der Älteste, der Greis Lucius Gellius, sprang erregt auf und schrie, solange er lebe, werde das nicht geschehen.

»Dann warten wir noch ein Weilchen«, sagte Cicero, der diesmal auf der Seite Cäsars war, »Gellius hat ja um keinen langen Aufschub gebeten.«

Cicero, der das Talent besaß, sich in allen Kämpfen der Großen immer auf die Seite des Verlierers zu schlagen, war nach einigem Zögern zu Pompejus gestoßen, der mit einer Tochter seines Widersachers Cäsar verheiratet war.

Pompejus fuhr ihn hart an: Es freue ihn zwar, dass er da sei, aber er müsse doch fragen, wo sich Ciceros Schwiegersohn Dolabella befinde.

»Bei deinem Schwiegervater Cäsar«, erwiderte Cicero.

Damasippus, der für seinen Geiz bekannt war, hatte zu einem Mahl gebeten und setzte seinen Gästen einen besonders sauren Wein vor. Diese verzogen das Gesicht, und Damasippus beeilte sich zu versichern, es handle sich um einen besonders edlen Tropfen, der bereits vierzig Jahre alt sei.

»Erstaunlich«, sagte Cicero. »Welch tüchtiger Wein! Dem konnte auch das Alter nichts anhaben.«

Ein amtierender Konsul war am letzten Tage seines Konsulats gestorben. Cäsar, der in diesen Dingen höchst willkürlich zu verfahren pflegte, vergab daraufhin das ledige Amt noch für wenige Stunden an seinen Günstling Caius Canininus Rebilus.

»Wir haben an Canininus einen sehr wachsamen Konsul gehabt«, sagte Cicero am nächsten Morgen. »Er hat während seiner Amtszeit auch nicht eine Minute geschlafen.«

Nach dem Sieg über Pompejus, der ihn zum alleinigen Diktator machte, ließ Cäsar die gestürzten Bildsäulen seines toten Gegners wieder aufrichten.

»Cäsar ist großzügig«, meinte Cicero dazu. »Er ehrt seinen Gegner, aber nicht ehe er ihn erschlagen hat.«

Vor Gericht war Cicero ebenso häufig als Zeuge wie als Anwalt aufgetreten. Einer seiner Gegner, Metellus, machte ihm den Vorwurf, als Zeuge mehr Angeklagte ins Unglück gebracht als durch seine Verteidigung gerettet zu haben.

»Das mag sein«, gab Cicero zu. »In diesen Fällen siegte eben meine Wahrheitsliebe über meine Beredsamkeit.«

Nachdem Cäsar als Alleinherrscher mit uneingeschränkter Macht regierte, erschien Andron von Laodicea als Gesandter in Rom, um wegen der Freiheit seiner Vaterstadt zu verhandeln. Er fragte Cicero, ob die Aussichten gut seien.

»Das wirst du sehen, mein Lieber«, entgegnete Cicero. »Aber wenn du deinen Zweck erreicht hast, so tritt doch auch gleich für unsere Freiheit ein.«

»Ich mag Männer, die so unerschöpflich sind, wie du es offenbar bist«, sagte Henriette, als Robert geendet hatte, wobei sie tatsächlich an keine Zweideutigkeit dachte. Sie genoss immer noch Roberts Erzählkunst, aber andererseits rückte langsam ein Problem in ihren Gedanken nach vorn und verlangte durchdacht zu werden: Sie konnten nicht ewig in diesem nächtlichen Park bleiben, so reizvoll er auch war. In einem Restaurant waren sie bereits gewesen, und wieder dorthin oder in ein anderes zu gehen, lockte Henriette höchstens ein Schaudern hervor, besonders wenn sie an den süßen Wein dachte, mit dem die Winzer versuchten, ihre Verkaufsaussichten entschieden zu verbessern. Robert hatte noch kein Wort darüber verloren, wie er sich den weiteren Verlauf der Nacht vorstellte. Er hatte sie weder zu der berühmten Tasse Tee eingeladen, noch hatte er sie aufgefordert, seine sicherlich reichhaltige Bibliothek zu bewundern; Henriette folgerte daraus, dass es bei ihm zu Hause Schwierigkeiten irgendwelcher Art gab.

So entschied sie sich, der berühmten Brechtschen Aufforderung nachzukommen und die Führung zu übernehmen. Und mit der Entschlossenheit, die ihr eigen war, lenkte sie unmerklich ihrer beider Schritte zum Parkausgang, dorthin, wo Robert sein altes Auto stehen gelassen hatte.

Dieser bemerkte nichts von den Gedanken, die Henriette dachte, und nichts von den Entschlüssen, die sie fasste. Sein Hirn machte gerade einen neuen Gedankensprung: von dem wortgewaltigen Cicero zu dem wortgewaltigen Luther.

Und er erzählte, geistreich wie er war, zehn Anekdoten über Luther.

MARTIN LUTHER

In Wittenberg wurde Luther eines Tages zu einer bettlägerigen Jungfrau geholt, die behauptete, Christus stehe in herrlicher Gestalt vor ihr.

Luther, der schon auf der Wartburg den Teufel mit einem Tintenfass bekämpft hatte, forderte sie auf, sich nicht äffen zu lassen; es sei nicht Christus, den sie sehe, sondern wahrscheinlich Beelzebub.

Ob die Erscheinung danach verschwunden sei, wollten seine Mitarbeiter wissen.

»Ja«, berichtete Luther. »Die Jungfrau spuckte dem Gehörnten ins Gesicht, worauf er sich in eine große Schlange verwandelte, die zu ihr ins Bett lief, sie ins Ohrläppchen biss, so dass die Blutstropfen liefen, und dann verschwand.«

Bei der Übersetzung des Neuen Testaments stritten Luther und Melanchthon über eine Stelle, die sie auch nach langem Bemühen nicht in die rechte Fassung brachten.

Es gehe ihm nur ums Griechische, verteidigte Melanchthon seine Lesart.

»Und mir geht's nur ums Deutsche«, erwiderte Luther.

Der deutsche Reformator Doktor Martin Luther hatte eine neue Streitschrift geschrieben, in der er seine Gegner nicht nur widerlegte, sondern auch in kräftigem Fuhrmannsdeutsch mit der Hölle und dem Tierreich in Verbindung brachte.

Seine Freunde drangen in ihn, sich doch milder zu fassen; er tue der Sache durch seine Formulierungen, seine Streitlust, seinen Trotz und sein ungestümes Wesen Abbruch.

»Aber ich halte mich doch zurück«, antwortete Luther. »Wenn diese papistischen Affen, die Pferdedreck im Maul haben und die dem Teufel und seinen Hurenkindern, dem Papst und den Kardinälen, dienen, mich nicht reizen, beißt der Hund auch nicht.«

Die Tochter des Buchdruckers Hans Lufft, der Luthers Bibelübersetzung als Erster in zwei Quartbänden druckte, hielt Hochzeit. Luther führte nach damaligem Brauch die Braut nach dem Festmahl zum Schlafgemach. Zum Zeichen der Herrschaft des Mannes über die Frau legte er einen Schuh des Bräutigams aufs Ehebett und sprach feierlich die Worte: »Du sollst Herr sein im Hause!«

Da er selbst bereits einige Jahre verheiratet war, fügte er jedoch hinzu: »Wenn die Frau nicht daheim ist.«

Ablasskrämer Tetzel, der im Namen des Papstes die Seelen gegen klingende Münze aus dem Fegefeuer springen ließ, gab direkt den Anstoß zu Luthers fünfundneunzig Thesen, die er an die Tür der Schlosskirche zu Wittenberg schlug.

Später warf man Tetzel vor, er sei schuld an dem großen Streit und dem Unheil, die ganz Europa verheerten.

»Ach, was«, schrieb Luther, als Tetzel auf dem Totenbett lag, »das Kind besitzt einen ganz anderen Vater.«

Holstein, ein Freund Luthers, war ein großer Anhänger der Chiromantie. Man könne, so behauptete er immer wieder, aus der Hand eines Menschen am besten seinen Charakter erkennen, zum Beispiel mit Leichtigkeit feststellen, ob einer freigebig sei.

»Freilich«, sagte Luther, »muss man es schon an den Händen sehen; mit den Füßen gibt ja keiner.«

Der Erzbischof von Mainz besaß eine besonders erlesene Reliquiensammlung, die er, als Halle protestantisch wurde, von dort nach Mainz bringen ließ.

Luther begleitete den Abtransport der Sammlung durch eine Flugschrift, in der er die zwölf wichtigsten Reliquien anführte: »Ein schön Stück vom linken Horn Mosis, drei Flammen vom Busch Mosis auf dem Berge Sinai, ein ganz Zipfel von der Fahne, damit Christus die Hölle aufstieß, auch eine große Locke vom Barte Beelzebub, der an derselbigen Fahne kleben blieb, ein halber Flügel von Sankt Gabriel, dem Erzengel, ein ganz Pfund von dem Winde, der vor Elias vorüberrauschte in der Höhle am Berge Horeb, zwei Ellen von dem Ton der Posaunen auf dem Berge Sinai, dreißig Bombart von der Paucke, so Miriam, der Schwester Mosis, am Roten Meer gehört, ein groß schwer Stück von dem Geschrei der Kinder Israels, damit sie die Mauern Jerichos niederwarfen, fünf schöne helle Saiten von der Harfe Davids, drei schöne Lockhaare des Absalom, damit er an der Eiche hängen blieb, sowie zwei Federn und ein Ei vom Heiligen Geist.«

Im Hause Luthers wurden allezeit Freunde, Studenten, Mitarbeiter und Gäste bewirtet. Seine Frau Käthe ging deshalb öfter das Haushaltsgeld aus.

Als sie wieder einmal klagte, sie wisse nicht, wo sie einen Taler für Essen hernehmen solle, tröstete sie Luther mit einigen Bibelzitaten und dem Hinweis, man müsse eben von da nehmen, wo sich gerade etwas finde. Während dieser Trostspendung nähte er einen Flicken auf seine zerrissene Hose, den er aus der heilen seines Sohnes Hans herausgeschnitten hatte.

Luthers Wirken rief ganze Scharen von Gelehrten hervor, die sich alle in der neuen Kunst der Bibelauslegung übten. Man fragte Luther deshalb, ob er mit ihrem Wirken zufrieden sei.

»Mir geht es wie dem König Salomon«, antwortete er, »der auf etwas Köstliches aus Indien hoffte und dafür Affen und Pfauen erhielt.«

Einst wurde Luther von einem Schüler gefragt, was wohl Gott vor der Weltschöpfung, die lange Ewigkeit hin, gemacht habe.

»Er saß«, erklärte Luther wütend, »in einem Birkenwald und schnitt Ruten, um jene Leute zu bestrafen, die solch unnütze Fragen auf die Bahn bringen.«

Beide hatten den Ausgang des Parks erreicht und stiegen in Roberts altes Auto. Einmal eingestiegen, taten sie, was alle Liebenden tun, wenn sie nach einem nächtlichen Spaziergang in ein Auto einsteigen: Sie küssten sich, staunten darüber, wie gut ihnen das tat, obwohl sie zum Staunen darüber eigentlich auch wieder nicht kamen. Dann steckte Robert den Zündschlüssel ins Zündschloss, und Henriette, die ihren Kopf an Roberts Schulter gelehnt hatte, fragte ihn einfach: »Wohin fahren wir jetzt, Liebling, zu dir oder zu mir?«

»Das ist eine Frage«, antwortete Robert lachend, »die ich ebenso wenig genau zu beantworten vermag, wie Heinrich IV. von Frankreich die Frage hätte beantworten können, ob er ein katholischer Protestant oder ein protestantischer Katholik sei, nachdem er Paris erfolgreich gegen eine Messe eingetauscht hatte.«

Und er erzählte, geistreich wie er war, zehn Anekdoten über Heinrich IV.

Heinrich IV.

Bevor Heinrich IV. König von Frankreich wurde, kämpfte er fast zwanzig Jahre lang an der Spitze der Hugenotten. Einer seiner Hauptwidersacher war der katholische Herzog von Mayenne.

Als Abgesandte des Pariser Parlaments einen Frieden zwischen den streitenden Parteien zu vermitteln suchten, bemerkte Heinrich, er wisse ein vorzügliches Mittel, den Brand zu löschen, der in Frankreich wüte.

Welches das sei, wollten die Abgesandten wissen.

»Ein Eimer Wasser genügt«, antwortete Heinrich. »Man muss ihn nur dem Herzog von Mayenne zu saufen geben, bis er platzt.«

Zeit seines Lebens hatte Heinrich IV. eine starke Vorliebe für das schwache Geschlecht. Er führte das darauf zurück, dass man ihm bei seiner Geburt die Lippen mit Knoblauch eingerieben und ihm einige Tropfen Wein eingeflößt habe.

Auf einem seiner Feldzüge gegen die katholische Ligue vergnügte er sich mit einigen Nonnen, die dem Werben des Königs durchaus nicht ablehnend gegenüberstanden.

Als man ihn fragte, was er zur Zeit treibe, antwortete er vergnügt: »Ich bereite meinen Religionswechsel vor.«

Obwohl Heinrich IV. rechtmäßiger König von Frankreich war, verweigerten ihm zahlreiche Städte, darunter Paris, wegen seines protestantischen Glaubens die Gefolgschaft. Um die Spaltung Frankreichs zu beenden, beschloss Heinrich, obwohl in fast allen Schlachten siegreich, den katholischen Glauben anzunehmen.

Bestürzt fragten ihn seine Getreuen, ob das seine wahre Absicht sei.

»Ja«, antwortete Heinrich, »Paris ist eine Messe wert.«

Nachdem Heinrich IV. Frankreich endlich den Frieden gebracht hatte, widmete er sich mit großem Erfolg dem Wiederaufbau des Landes. Seine Mitarbeiter fragten ihn, was jetzt seine Regierungsziele seien.

»Dass jeder Franzose sonntags ein Huhn im Topf habe«, antwortete der König.

Über die Bestechlichkeit vieler Richter war Heinrich IV. ungehalten. Er beschloss, auf seinen Reisen selber nach dem Rechten zu sehen. Nach seiner Rückkehr nach Paris fragte ihn einer seiner Vertrauten, ob sich die Rechtsprechung gebessert habe.

»Sehr«, antwortete Heinrich. »In Bordeaux erhielt ein Richter 10 000 Livres von dem Kläger und 15 000 Livres von dem Beklagten. Er schickte 5000 Livres an den Beklagten zurück und entschied den Fall anhand der Gesetze.«

Auf einer Inspektionsreise des Königs wollte der Bürgermeister einer Stadt eine Ansprache halten. Er ließ sich auf das Knie nieder, stieß aber dabei auf einen spitzen Stein, so dass er impulsiv »Verdammt!« sagte.

»Lasst es gut sein«, sagte Heinrich IV. lachend und winkte ihm, sich wieder zu erheben. »Was wollt Ihr noch Besseres sagen?«

Seinen Freund und Minister Sully ließ Heinrich IV. eines Tages besonders lange im Vorzimmer warten.

Als er ihn endlich zu sich rief, entschuldigte er sich: Er habe Fieber gehabt. »Ich habe das Fieber eben durch die Tür kommen sehen«, sagte Sully, »es hatte ein grünes Kleid an.«

Ein Kirchenfürst machte Heinrich IV. Vorhaltungen über seinen lockeren Lebenswandel. Als König müsse er ein Wegweiser für seine Untertanen sein.

»Sicher«, gab Heinrich IV. zu, »aber haben Sie schon einmal einen Wegweiser gesehen, der den Weg geht, den er weist?«

Heinrich IV. kümmerte sich nicht nur um das Wohl der kleinen Leute, sondern auch um das Wohlergehen der großen Familien, die ihm nahestanden. So schlug er der verwitweten Marquise de la Croix-Fontaine eine gute Partie für ihren ältesten Sohn vor: eine vermögende junge Dame, allerdings mit stark lädiertem Ruf.

Entrüstet lehnte die Marquise ab, ihr ältester Sohn werde nur eine Gemahlin mit tadellosem Ruf nehmen.

»Nun«, meinte der König scherzhaft, »wie wäre es denn mit Ihrem jüngeren Sohn?«

Zu seiner Verblüffung war die Marquise sofort einverstanden, und Heinrich IV. fragte verwundert, weshalb sie denn einen solchen Unterschied mache.

»Weil mein ältester Sohn unzweifelhaft von meinem Gatten, dem Marquis, stammt und ich nicht, will, dass er eine Mesalliance eingeht«, antwortete die Marquise. »Wer der Vater meines jüngeren Sohnes ist, weiß ich nicht so genau. Er mag also heiraten, wen er will.«

Bei einer Audienz fragte Heinrich IV. den spanischen Botschafter, ob sein Herr, der König von Spanien, tatsächlich keine Mätresse habe.

Sein König besitze keine Laster, antwortete der Botschafter, er liebe nur seine Frau.

»Hat er denn nicht genügend Tugenden«, meinte Heinrich, »um ein kleines Laster zu verdecken?«

»Fahren wir zu mir«, sagte Henriette lächelnd, die klugerweise keine Lust hatte, ein Risiko einzugehen, »ich kann uns eine Tasse Tee machen«, fügte sie, um dem Ritual zu genügen, mit einem Lächeln hinzu und endete den Satz mit der Bemerkung: »Es kann natürlich auch eine Tasse Schokolade sein.«

»Ein Vorschlag, Madame, der auf der Stelle angenommen ist«, stimmte Robert ihr bei und bewies sogleich zweierlei: erstens, dass er mit seinen Händen wunderbar streicheln konnte, und zweitens, dass ihm bei dem Wort »Madame« sofort Madame de Sévigné einfiel.

Und er erzählte, geistreich wie er war, zehn Anekdoten über Madame de Sévigné.

Madame de Sévigné

Marie de Rabutin-Chantal war mit dem Marquis de Sévigné verheiratet, der ihr von Zeit zu Zeit die Kurtisane Ninon de Lenclos vorzog. Ihr Vetter, Monsieur de Bussy-Rabutin, sah darin eine Möglichkeit, seinen Einfluss zu vertiefen, und hinterbrachte ihr die Affäre. Als er merkte, dass Madame de Sévignés Wangen sich vor Zorn röteten, empfahl er ihr, Gleiches mit Gleichem zu vergelten; er stehe ihr gern zur Verfügung.

»Langsam«, sagte Madame de Sévigné und musterte ihren Vetter. »So tief geht meine Kränkung nun auch wieder nicht.«

In einer Kirche wurde das Credo gesungen, und Madame de Sévigné hörte aufmerksam zu.

»Mein Gott, ist das falsch«, flüsterte sie ihrer Begleiterin zu. »Ich meine natürlich den Gesang.«

Nach dem Tode ihres Mannes verheiratete Madame de Sévigné ihre Tochter mit dem Marquis de Grignan.

Als man ihr den Ehekontrakt vorlegte, der eine beträchtliche Mitgift vorsah, fragte sie sich verwundert, ob wirklich so viel Geld nötig sei, um Monsieur de Grignan zu bewegen, mit ihrer Tochter zu schlafen.

Sie überlegte eine Weile und meinte danach: »Er schläft morgen mit ihr, übermorgen mit ihr und dann jede Nacht – da ist es eigentlich nicht zu hoch bezahlt.«

Der Schriftsteller Pellison war weder in seiner Erscheinung von der Natur besonders bevorzugt worden, noch zählten seine Werke zu den literarischen Schönheiten seiner Zeit.

Was sie von ihm halte, wurde Madame de Sévigné gefragt.

»Ach«, erwiderte sie, »er missbraucht wirklich das männliche Privileg, hässlich zu sein.«

Eine Freundin von Madame de Sévigné, eine deutsche Prinzessin von Geblüt, war mit sämtlichen Fürstenhöfen Europas verwandt. Da in diesen Familien fast ständig jemand starb, trug die Prinzessin beständig Trauer.

Auf einem Empfang trug sie jedoch zur allgemeinen Überraschung ein helles Kleid. »Oh«, sagte Madame de Sévigné bei der Begrüßung, »ich freue mich zu sehen, dass ganz Europa bei bester Gesundheit ist.«

Die Prinzessin d'Hancourt war am selben Tage geboren wie Madame de Sévigné. Dieser Umstand war bekannt und führte mit der Zeit zu höchst unangenehmen Komplikationen.

Eines Tages nahm Madame de Sévigné die Prinzessin beiseite und sagte zu ihr: »Einigen wir uns, Madame, wie alt wollen wir sein?«

Einem Landmädchen namens Nicolette war Madame de Sévigné besonders wohlgesinnt, und um ihr behilflich zu sein, einen Mann zu finden, schenkte sie ihr zehn Livres für die Aussteuer.

Nach einiger Zeit stellte das Mädchen ihrer Wohltäterin den Gatten vor; es war ein überaus hässlicher Bauer.

Verwundert ging Madame de Sévigné beiseite und fragte, warum Nicolette denn ausgerechnet einen so hässlichen Menschen geheiratet habe.

»Mein Gott, Madame«, erwiderte das Mädchen, »was kann man für zehn Livres Besseres kriegen?«

Ein junger Arzt, der sich bemühte, eine wohlsituierte Kundschaft zu bekommen, wurde Madame de Sévigné empfohlen. Sie war mit ihm zufrieden und empfahl ihn mit Nachdruck weiter.

Warum sie sich so stark für den jungen Arzt einsetze, fragte man sie.

»Es wäre doch sündhaft«, erwiderte Madame de Sévigné, »wenn der junge Mann sein Vorrecht, Menschen ungestraft umzubringen, nicht auch gebrauchen würde.«

Obwohl der Marquis de Sévigné starb, als Madame de Sévigné fünfundzwanzig Jahre alt war, heiratete sie nie mehr und wies alle Bewerber ab. Sie verfügte sogar über die große Kunst, die abgewiesenen Verehrer zu lebenslangen Freunden zu machen.

»Es ist unvorstellbar«, klagte einer der Abgewiesenen, »aber die Luft, die sie ausatmet, ist reiner als die Luft, die sie eingeatmet hat.«

Da Madame de Sévigné ihre Tochter abgöttisch liebte, führte sie mit ihr – wie auch mit vielen Freunden – einen fünfundzwanzig Jahre währenden Briefwechsel, in dem sie alle wichtigen Ereignisse der Hauptstadt mitteilte und der später, seines Stils wegen, weltberühmt wurde.

Einen dieser Briefe, der fünf Seiten lang geworden war, schloss sie mit der Bemerkung: »Ich bitte Sie, mein langes Schreiben zu entschuldigen. Stünde mir mehr Zeit zur Verfügung, dann hätte ich mich kürzer gefasst.«

»Die Tugend in Person!«, kommentierte Henriette amüsiert Roberts Erzählungen, während sie durch die Straßen der nächtlichen Stadt zu ihrer Wohnung fuhren, deren Adresse sie inzwischen Robert angegeben hatte, »ich werde nicht mit ihr wetteifern können.«

»Und ich werde niemals den Gleichmut Fontenelles aufbringen, wenn eine Frau wie du neben mir sitzt«, antwortete Robert galant und entzog seine rechte Hand erneut für längere Zeit dem Steuerrad.

Und er erzählte, geistreich wie er war, zehn Anekdoten über Fontenelle.

Bernard de Fontenelle

Bernard de Fontenelle war der Neffe des berühmten Dramatikers Corneille und selbst Schriftsteller. Da er hundert Jahre alt wurde, erlebte er das Zeitalter Ludwigs XIV. ebenso wie die Regentschaft und die Herrschaft Ludwigs XV. Er hatte neben Racine, Boileau, La Fontaine in der Académie Française gesessen, mit Montesquieu diskutiert, mit Diderot gestritten und wurde zu seiner Zeit nur von Voltaire an literarischem Ruhm übertroffen. Obwohl er die Genüsse des Lebens zu schätzen wusste, pflegte er den Gleichmut als höchste Tugend. So rühmte er sich, während seines ganzen Lebens nicht gelacht zu haben.

Als man ihn in einem Salon fragte, ob das stimme, sagte Fontenelle: »Natürlich. Ich habe niemals einen ernsthaften Grund gesehen, ›ha! ha! ha!‹ zu machen.«

Als Diderot das erste Mal mit Fontenelle zusammentraf, konnte er, beim Gedanken an die Größe und Vergänglichkeit des literarischen Ruhmes, die Tränen nicht unterdrücken. Fontenelle wollte den Grund für die Tränen wissen. Diderot versuchte zu erklären: bei seinem Anblick rege sich in ihm ein eigenartiges Gefühl.

Bei dem Wort Gefühl unterbrach ihn Fontenelle. »Mein Lieber«, sagte er, »vor siebzig Jahren habe ich alles, was mit Gefühl zusammenhängt, in die Ekloge verwiesen.«

Das Lieblingsgericht Fontenelles war Spargel in Öl. Als er zusammen mit dem Abbé Terasson speiste, der Spargel in Butter bevorzugte, ließ Fontenelle ihm zu Ehren die Hälfte des Spargels in Butter zubereiten.

Bevor der Spargel aufgetragen wurde, überfiel den Abbé eine Übelkeit; er hatte einen Schlaganfall erlitten.

Fontenelle sprang auf, stürzte in die Küche und rief: »Alle Spargel in Öl!«

Ein junger Schriftsteller traf mit Fontenelle zusammen und versuchte seiner Wertschätzung Ausdruck zu geben. Er wolle Fontenelle so gern loben, sagte er, aber er wage das nicht, da er fürchte, dazu nicht die nötige Zartheit des Gemüts und Klarheit des Geistes zu besitzen.

Fontenelle beruhigte ihn. »Das tut nichts«, sagte er, »loben Sie nur immer zu.«

Als Fontenelle bereits im fortgeschrittenen Alter war, hatte er immer noch viel Erfolg bei den Frauen. Seine Freunde fragten ihn, wie er das zustande bringe.

»Ich erklärte ihnen in lauen Sommernächten, vorzugsweise in Parks, die Schönheit des Sternenhimmels und die Harmonie des heliozentrischen Weltsystems«, erklärte Fontenelle. »Im Winter sind allerdings Friedhöfe geeigneter. Sie steigern sogar den Effekt.«

Im Salon der Madame du Deffand glänzte Fontenelle durch die Kunst feiner Unterscheidungen. Seine Gastgeberin fragte ihn eines Tages, wodurch sich die Frauen verschiedener Völker wesentlich unterscheiden.

»In der Reaktion auf die Nachricht«, sagte Fontenelle, »dass ihr Geliebter ihnen untreu geworden ist. Eine Französin tötet ihre Rivalin. Eine Italienerin tötet ihren Geliebten. Eine Spanierin tötet beide. Eine Deutsche versucht sich selbst zu töten, und eine Engländerin löst die Verlobung auf. Und dann heiraten sie alle einen anderen.«

Da sich Fontenelle stets nach dem Prinzip richtete, mit dem geringsten Kraftaufwand auszukommen, ließ er jede Wohnung, die er bezog, stets so, wie er sie vorfand. In der zweiten Hälfte seines Lebens nahm er seine Mahlzeiten grundsätzlich nur in bestimmten Salons ein.

Nachdem er zwanzig Jahre lang im Salon von Madame Tencin gespeist hatte, teilte man ihm eines Morgens mit, seine berühmte Gastgeberin sei in der letzten Nacht gestorben.

»Oh«, sagte Fontenelle, »dann muss ich künftig bei Madame de Geoffrin speisen.« Was er die restlichen acht Jahre seines Lebens auch tat.

Schon in seiner Jugend schrieb Fontenelle Tragödien, Komödien, Operntexte, Sonette, Elegien, Eklogen, akademische Lobgedichte, wissenschaftliche Abhandlungen, Dialoge, Totengespräche und lyrische und prosaische Texte aller Art.

Sein Erfolg wechselte. Bei der Aufführung seiner Tragödie »Aspar« begründete das Theaterpublikum eine neue Tradition: Es pfiff das Stück aus.

Fontenelle kommentierte den Vorgang mit völliger Gelassenheit: »Mein Ruhm ist laut«, sagte er, »und auch noch auf eine neuartige Weise gefördert worden.«

Bei einem Empfang unterhielt sich Fontenelle, trotz seiner fünfundneunzig Jahre, angeregt mit einer jungen Dame. Diese fühlte sich attackiert, war ungehalten und behandelte Fontenelle mit Kälte und Herablassung.

Fontenelle wies sie zurecht: »Madame, Sie verschwenden Ihre Kälte.«

Kurz vor seinem hundertsten Geburtstag empfing Fontenelle den Besuch von Madame Grimaud, die bereits 103 Jahre alt war. Beide plauderten miteinander, und Madame Grimaud meinte, die Vorsehung scheine sie beide hier auf Erden vergessen zu haben.

Fontenelle legte den Finger auf den Mund und sagte: »Pst! Erinnern Sie sie nicht daran.«

Der Wagen hielt vor einem jener Appartementhäuser, mit denen die Erben des Bauhauses ihren aufopferungsvollen Kampf gegen die Gesetze der Schönheit führen. Die Frage tauchte auf, ob es in dieser Zeit der gigantischen Ausdehnung des Bauwesens überhaupt noch einen Architekten gebe, den man als Genie bezeichnen könne.

»Vielleicht gibt es einen«, sagte Henriette, als sie aufschloss, »und wir kennen ihn nur nicht.«

»Es kann keinen geben, sonst würden wir ihn kennen«, widersprach Robert, »es gibt nämlich ein unfehlbares Kriterium, von Swift aufgestellt, das uns ein solches Genie erkennen ließe.« Und er erzählte, geistreich wie er war, zehn Anekdoten über Swift.

Jonathan Swift

Der Verfasser von »Gullivers Reisen«, Jonathan Swift, war Dekan der St.-Patricks-Kathedrale in Dublin. Nachdem er seine Gemeinde mit einer Predigt über das Schlafen in der Kirche erfreut hatte, beschloss er, an einem anderen Sonntag über den Stolz zu predigen.

»Es gibt drei Arten von verwerflichem Stolz«, begann er, »Stolz auf die Geburt, Stolz auf die Reichtümer und Stolz auf das Talent. Über die dritte Sünde«, fuhr Swift fort, »werde ich mich nicht auslassen, da unter euch niemand ist, der sie auf dem Gewissen haben dürfte.«

Auf einer Reise übernachtete Swift mit seinem Diener in einem Dorfgasthaus. Am Morgen fand er seine Stiefel ungeputzt und stellte den Diener zur Rede.

Dieser entschuldigte sich: Der Weg sei so dreckig, dass die Stiefel doch bald wieder schmutzig würden.

Swift schwieg und befahl aufzubrechen. Aber er habe doch noch nicht gefrühstückt, wandte der Diener bestürzt ein. »Das macht nichts«, sagte Swift, »du wärst doch bald wieder hungrig.«

Bei einem Besuch in London traf Swift einen jungen Grafen, der nicht versäumte, auf seine ungewöhnlich lange Ahnenreihe zu verweisen, die bis ins achte Jahrhundert zurückreichte. Später fragte man ihn, wie ihm der junge Mann gefallen habe.

»Er gleicht dem Kartoffelkraut«, antwortete Swift, »sein wertvollster Teil ruht unter der Erde.«

Swift hatte mehrfach auf die Armut seiner irischen Landsleute hingewiesen und Abhilfe gefordert. Als er in London wieder auf das gleiche Thema zu sprechen kam, hielt man ihm entgegen, er sei doch ein Philosoph und müsse wissen, dass man seine Bedürfnisse auch durch eine Beschneidung der Wünsche befriedigen könne.

»Ich verstehe«, sagte Swift grimmig, »wir sollen uns die Füße abhacken, weil uns die Schuhe fehlen.«

Der Verfasser der »Bettler-Oper«, John Gay, und der Schriftsteller Alexander Pope, die mit Swift befreundet waren, unterhielten sich mit ihm über den Stand des englischen Geisteslebens. Man fand, den Armen mangele es an allem, den Bürgern an Bildung, während der Adel durch den langen Umgang mit Pferden doch stark gelitten habe.

Am schlimmsten sei, meinte Gay, dass man in der Flut der Schwachköpfe nicht mehr bemerken könne, wenn ein wirklich großer Kopf auftauche.

»Das stimmt nicht«, widersprach Swift, »wenn wirklich ein großer Geist in der Welt erscheint, kann man ihn untrüglich daran erkennen, dass sich alle Dummköpfe sofort gegen ihn verbünden.«

Ein Advokat und ein Arzt stritten sich darüber, wer bei einem offiziellen Empfang vorangehen dürfe. Jeder pochte auf die Verdienste seines Berufsstandes, was eine Einigung naturgemäß erschwerte. Endlich bat man Swift, er möge als Philosoph eine Entscheidung treffen.

»Zuerst der Advokat und dann der Arzt«, entschied er.

Aus welchen Gründen, wollte man wissen.

»Der Verbrecher muss vorangehen«, sagte Swift gallig, »der Henker hinterdrein.«

Swifts Vermögen war klein und schwand mit besorgniserregender Schnelligkeit dahin. Er selbst wurde geizig, sparte an allem und verlor an Gewicht.

Wie es ihm gehe, wollte Alexander Pope wissen, als sie sich nach einer längeren Trennung wiedersahen.

»Wie einem Klumpen Seife«, erwiderte Swift, »ständig im Abnehmen.«

Auf welche Weise er eigentlich Bücher beurteile, wollte man von Swift wissen. Es gebe in ihnen so viele Ansichten und Theorien, dass es doch schwer sei, sich ein Urteil zu bilden.

»Überhaupt nicht«, entgegnete Swift, »wenn die Meinungen eines Schriftstellers und meine eigenen auseinandergehen, so hat er sich eben geirrt.«

Im Jahre 1737 wurde Swift vom Erzbischof Hugh Boulter, der wegen seiner antiirischen Haltung berüchtigt und verhasst war, beschuldigt, er habe den Mob gegen ihn aufgeputscht.

»Dazu bedurfte es meiner nicht«, antwortete Swift, »aber wenn ich mir die Mühe mache, wird man Sie auf einen bloßen Fingerzeig von mir in Stücke reißen.«

Nach dem durchschlagenden Erfolg von »Gullivers Reisen« bei allen Schichten der englischen Bevölkerung fragte man Swift, wie es ihm gelinge, einen so vorbildlichen, klaren und schönen Stil zu schreiben.

»Ganz einfach«, erklärte Swift, »man braucht doch nur stets das rechte Wort an die rechte Stelle zu setzen.«

Henriette und Robert waren eingetreten und hatten abgelegt. Die Wohnung, die sich an den kleinen Eingangskorridor anschloss, war unzweifelhaft von einem Architekten entworfen worden, der gerade eine Station für die Intensivhaltung von Hühnern errichtet und seine Erfahrungen hier fruchtbringend verwertet hatte. Aber Henriette hatte mit viel Mühe und viel Geschmack diesen für Menschen eigentlich unbewohnbaren Ort in eine winzige bewohnbare Oase verwandelt, deren schöner und einladender Mittelpunkt ein französisches Bett war.

»Oh«, sagte Robert und zog Henriette sofort auf dieses Bett, »kein Papst könnte dieser Versuchung widerstehen; wie sollte ich schwacher Mensch es da können? Übrigens halte ich unter allen Päpsten Papst Benedikt XIV. für den witzigsten.«

Und er erzählte, geistreich wie er war, zehn Anekdoten über Benedikt XIV.

Papst Benedikt XIV.

Der Kardinal Prospero Lambertini bestieg als Benedikt XIV. den Heiligen Stuhl. Wie es das Zeremoniell verlangte, trat er auf die Loggia von St. Peter hinaus, um der wartenden Menge seinen Segen zu erteilen.

Diese war groß und bot, von oben betrachtet, ein so gewaltiges Bild, dass Benedikt überrascht ausrief, er möchte doch gern wissen, wie sie es alle machten, überhaupt zu leben.

Das sei nicht schwer zu verstehen, meinte ein Kardinal, der Benedikts Vorliebe für geistreiche Bemerkungen kannte; einer begaunere eben den anderen.

»Ich begreife«, erwiderte Benedikt und erteilte seinen Segen, »wir dagegen begaunern alle zusammen.«

Bei einem Gang durch die Wandelhallen des Vatikans schaute Benedikt zufällig aus einem Fenster und bemerkte, wie der französische Gesandte beim Heiligen Stuhl, der Herzog von Choiseul, gegen die heiligen Mauern urinierte. Kurz darauf traf er den Herzog bei einer Audienz.

»Können Sie mir zuliebe nicht darauf verzichten, zu tun, was ich Sie heute morgen tun sah?«, sagte Benedikt freundlich zu dem Gesandten, als sie einen Augenblick allein waren. »Der spanische Gesandte, der in Rangfragen so heikel ist, wird nämlich sonst darauf bestehen, es in meinem Schlafzimmer tun zu wollen.«

Ein siebzigjähriger Frater bat Benedikt um eine Audienz und begann, als sie ihm gewährt wurde, zu heulen und zu wehklagen. Der Papst fragte verwundert nach dem Grund seiner Verzweiflung und erfuhr, dem Frater sei im Traum offenbart worden, dass der Antichrist auf die Welt gekommen sei.

Welches Alter der Antichrist habe, wollte Benedikt wissen.

»Dreieinhalb Jahre«, antwortete der Frater.

»Das ist gut«, sagte Benedikt, »dann dürfte erst mein Nachfolger für ihn zuständig sein.«

Während einer Konferenz über die Verbesserung der päpstlichen Administration fragte ein Kardinal, der die römischen Verhältnisse noch nicht kannte, wie viele Personen eigentlich im Vatikan arbeiteten.

Benedikt überlegte eine Weile und sagte dann: »Knapp die Hälfte.«

Während eines Krieges, der zwischen zwei europäischen Mächten geführt wurde, erwartete man von Benedikt eine Stellungnahme. Dieser zögerte, und einer seiner Mitarbeiter drang in ihn, er solle doch wenigstens sagen, welche der streitenden Parteien recht habe.

»Wie soll ich das beurteilen können?«, antwortete Benedikt. »Dazu müsste man erst wissen, wer siegen wird.«

Die Oberin eines Nonnenklosters wandte sich an Benedikt mit einem Anliegen, von dem sie ihm vorher mitteilte, es werde ihn bestimmt tief erstaunen und verwundern.

Benedikt bat um Aufklärung, und die Oberin sagte, es sei furchtbar, aber man habe in ihrem Kloster eine Nonne entdeckt, die Mutter werde.

»Was wundert Sie da?«, fragte Benedikt. »Erstaunlich hätte ich es nur gefunden, wenn es einem Priester zugestoßen wäre.«

In einem Gespräch über Staatskunst kam die Rede auf Machiavelli. Benedikt fand, es handele sich um einen großen Geist, während ein Kardinal mit der Bemerkung widersprach, Machiavelli habe immerhin die Tyrannen die Kunst gelehrt, die Macht zu erobern.

»Das stimmt wohl«, sagte Benedikt nachdenklich, »aber er hat die Völker auch gelehrt, wie man Tyrannen beseitigt.«

Ein schwer erkrankter Kardinal ließ Benedikt durch einen Abgesandten um seinen Segen bitten, da er sicher sei, dann schneller gesund zu werden.

»Ich schicke ihm von ganzen Herzen meinen Segen«, sagte Benedikt, »aber ich empfehle ihm, auch Chinin zu nehmen.«

An einem seiner Empfangstage erkundigte sich Benedikt, wer alles in seinem Vorzimmer weile. Es waren Kardinäle, Prälaten, Mönche, Bittsteller und mehrere Gesandte, darunter auch ein Vertreter der Stadt Genf, der natürlich dem protestantischen Glauben anhing.

»Lassen Sie den Ketzer zuerst eintreten«, sagte Benedikt. »Er wird sich sicher in meinem Vorzimmer langweilen, während die anderen die Zeit damit ausfüllen, immer heiliger zu werden.«

Von Zeit zu Zeit wurde das Arsenal der katholischen Heiligen durch einige neue aufgefüllt. Auch Benedikt wurde eine Liste verschiedener Personen vorgelegt, die dieser postumen Erhebung würdig sein sollten.

Als er die Liste durchsah, bemerkte er einige Namen, deren Träger er von früher her gut kannte.

»Ich weiß zwar nicht, wie die Heiligsprechung auf die Gläubigen wirkt«, sagte Benedikt lachend, »mich lassen diese neuen Heiligen jedenfalls stark an den alten zweifeln.«

Eine leichte Röte begann Henriettes Wangen zu zieren, als sich Robert von den Taten Benedikts XIV. ab- und ihr zuwandte. Ihr Atem ging den Hauch zweier Meeresbrisen heftiger, ihre Augen weiteten sich leicht, und eine wohlige Wärme überkam sie.

Robert seinerseits empfand es ebenso lieblich wie ästhetisch beglückend, dass seine Hand, wie er bald bemerkte, Vollkommenes ertastete, und er schien zufrieden, dass Henriette keine Frau war, die sich in der richtigen Stunde falsch verhielt. Um auch seinerseits der eigentümlichen Lage zu entsprechen, in der sich beide befanden und die natürlich auch, wie jedermann aus Erfahrung zugeben wird, eine Beifügung von Komischem enthält, versuchte er, Henriette zum Lachen zu verführen.

Und er erzählte, geistreich wie er war, zehn Anekdoten über Voltaire.

Voltaire

Bereits in jungen Jahren machte Voltaire nähere Bekanntschaft mit der Bastille; ein Epigramm auf den Herzog von Orléans verschaffte ihm diese Gunst.

Durch die Fürsprache guter Freunde verzieh der Herzog Voltaire und nahm ihn wieder in Gnaden auf.

»Ich bedanke mich sehr«, sagte Voltaire, »dass Eure Hoheit wieder für meine Nahrung sorgen, aber es wäre mir lieb, wenn ich mich künftig selbst um meine Wohnung kümmern dürfte.«

In einem Gespräch behauptete Voltaire, die französischen Kreuzfahrer hätten nicht nur das christliche Konstantinopel erobert, sondern in der Hagia Sophia auch einen Ball veranstaltet. Wo letztere Mitteilung stehe, wurde er gefragt.

»Das weiß ich nicht«, antwortete Voltaire, »aber es liegt im französischen Nationalcharakter.«

Obwohl Voltaire wegen seiner satirischen Attacken auf die heiligen Güter der Nation immer wieder angegriffen, verfolgt und des Landes verwiesen wurde, ließ er nicht von dieser

Tätigkeit ab. Allerdings tarnte er sich gern, schrieb unter falschen Namen, veröffentlichte anonym oder verleugnete die Urheberschaft.

Da er trotzdem stets verdächtigt wurde, der Autor zu sein, schmuggelte er in seine Schriften miserable und sinnlose Verse ein. Als man ihn wieder einmal beschuldigte, sagte Voltaire empört: »Ich verstehe zwar, dass man mir solche Gedanken zutraut, aber nicht, so schlechte Verse geschrieben zu haben.«

Auf der Straße begegnete Voltaire einem Priester mit den Sterbesakramenten. Er trat beiseite und entblößte das Haupt.

»Sieh an«, sagte der Priester. »Versöhnt mit dem Herrn?«

Voltaire lächelte: »Wir grüßen einander.«

Ein Drucker wollte Voltaire erpressen und schrieb ihm, er besitze hundert Skandalgeschichten über ihn, die er als Buch veröffentlichen wolle, falls Voltaire ihm nicht hundert Louisdor Entschädigung zahle.

Voltaire antwortete umgehend, er finde den Gedanken vortrefflich und wolle sich gern an dem zu erwartenden Geschäft beteiligen. Er sei deshalb bereit, für hundert Louisdor weitere hundert ihn betreffende Skandalgeschichten zu liefern.

Nachdem Voltaire mehrfach absichtlich übergangen worden war, wählte man ihn schließlich doch in die Akademie. Sofort fragte man ihn, welche Rede er bei seiner Einführung halten wolle.

»Die traditionelle Rede«, antwortete Voltaire. »Sie setzt sich gemeinhin aus fünf Gedanken zusammen: Der Kardinal Richelieu ist ein großer Mann gewesen, was den Kanzler nicht hindert, auch ein großer Mann zu sein, ungerechnet der Größe des Königs. Dann ist der Akademiker, dem man zu folgen die Ehre hat, ein großer Mann gewesen, wie auch der Direktor, der Sekretär und die sämtlichen Mitglieder große Männer sind, und man selber gedenke, sich dieser großen Gesellschaft würdig zu erweisen.«

Der Dichter Jean Baptiste Rousseau hatte eine Anzahl Komödien geschrieben, die samt und sonders beim Publikum durchfielen. Daraufhin wechselte er zur Lyrik über und schrieb Oden. Eine davon hieß »Ode an die Nachwelt«. Voltaire, der die poetische Tätigkeit Rousseaus mit Anteilnahme verfolgte, las diese Ode und meinte, sie sei wirklich interessant, er fürchte nur, sie werde ihre Adresse nie erreichen.

Einige Male hatte Voltaire erlebt, dass seine Bücher verurteilt und verbrannt wurden. Friedrich II. ließ zum Beispiel die Streitschrift gegen den Berliner Akademie-Präsidenten Maupertuis von Scharfrichtern auf verschiedenen Plätzen anzünden und sandte Maupertuis ein wenig Asche als Beruhigungspulver.

Als Voltaire auf ein neues Brandopfer hingewiesen wurde, meinte er: »Ausgezeichnet. Bücher sind wie Kastanien; je mehr man sie röstet, desto besser verkaufen sie sich.«

Freunde von Voltaire unterhielten sich über große Männer, die Tyrannen geworden waren. Man fand, es gebe Zeiten, wo man sie als Verkörperung historischer Tendenzen hinnehmen müsse; schrecklich sei nur, dass sie selten auch tugendhaft seien.

Voltaire widersprach heftig. »Tyrannen haben stets einen Hauch von Tugend«, bemerkte er. »Sie stützen die Gesetze immer, bevor sie sie brechen.«

Ein Philosoph, der die bestehenden Religionen dunkel, widersprüchlich und unzureichend fand, kam auf den Gedanken, eine neue Religion zu gründen. Er fragte Voltaire um Rat, wie das am besten zu machen sei.

»Indem Sie sich kreuzigen lassen«, empfahl Voltaire, »und einige Tage später von den Toten wiederauferstehen.«

»Liebling, du bist ein geistreicher Teufel!«, sagte Henriette, als sie sich vom Lachen erholt hatte und die eingetretenen Umstände besah. Diese waren, zugegebenermaßen, eigentümlich genug; sie, Henriette, lag auf dem Bett, Robert lag und saß halb neben ihr, und die Bereitwilligkeit, mit der Henriette Roberts Hand dort duldete, wo sie nun einmal war, hätte jeden Vorwurf widerlegt, sie sei nicht offenherzig genug zu ihm gewesen.

Robert genoss natürlich die Schmeichelei, die in Henriettes Feststellung lag; sie hingegen fügte ihrem Satz eine philosophische Frage hinzu. »Glaubst du«, sagte sie lächelnd, zu Robert gewandt, »dass ein geistreicher Mann auch ein Mann der Tat sein kann?«

»Ich weiß zumindest«, antwortete Robert, dem der tiefere Sinn dieser Frage entging, »dass ein Mann der Tat geistreich sein kann; zum Beispiel Benjamin Franklin.«

Und er erzählte, geistreich wie er war, zehn Anekdoten über Franklin.

Benjamin Franklin

Der Politiker, Diplomat, Erfinder, Wissenschaftler, Kaufmann und Drucker Benjamin Franklin war der Sohn eines Seifensieders. Er trank nicht, rauchte nicht, aß kein Fleisch, gründete moralische Clubs und lehrte die Kunst der Enthaltsamkeit. Folglich verabscheute er es auch zutiefst, Geld zu verleihen, gab jedoch einmal einem jungen Verwandten, der ihn inständig darum gebeten hatte, fünfzig Dollar.

Dieser war glücklich und bat um Papier; er wollte Franklin eine Quittung ausstellen.

»Was?!«, äußerte Franklin empört. »Du willst nicht nur mein Geld, sondern auch noch mein Papier vergeuden?«

Naturwissenschaftliche Entdeckungen nötigten Franklin einen ungemeinen Respekt ab. Als Montgolfier den ersten Luftballon erfand, wurde er von den Gelehrten und Laien in schöner Eintracht verlacht. So sagte ein Amerikaner abfällig zu Franklin, wenn der Ballon wirklich in die Luft steigen werde, so würde er nur gern wissen, welchen Zweck man damit erreicht habe.

»Welchen Zweck, mein Lieber«, entgegnete Franklin, »hat eigentlich ein eben geborener Säugling?«

Obwohl Franklin den Blitzableiter, den Schaukelstuhl, das Papiergeld, die amerikanische Unabhängigkeitserklärung und etwa 500 andere nützliche Dinge erfand, hatte er keinerlei Sinn für philosophische Spekulationen. Was keine praktischen Folgen hatte, interessierte ihn nicht.

Auf einer Reise durch Italien erörterten seine Begleiter, wie wunderbar es wäre, wenn man die etruskischen Inschriften entziffern könnte.

»Was hat die Menschheit davon?«, fragte Franklin. »Das Rezept für den echten Parmesan wäre mir lieber.«

Auf einer Reise nach England wurde Franklin von einem freigelassenen Sklaven begleitet. Dieser hatte Schwierigkeiten, den Inhalt des Begriffs Gentleman zu erfassen. Franklin versuchte ihm zu helfen. Ein Gentleman, sagte er, sei ein Mensch, der nicht arbeite und sein Leben mit Nichtstun verbringe.

Sein Begleiter grübelte einige Zeit über diese Erklärung nach und meinte dann: »In Amerika arbeitet alles. Der Wind arbeitet. Das Wasser arbeitet. Die Menschen arbeiten. Hunde, Pferde und Kühe arbeiten. Nur das Schwein arbeitet nicht und wälzt sich den ganzen Tag im Schlamm. Ein Gentleman muss also ein Schwein sein.«

Als Vertreter der dreizehn amerikanischen Staaten, die sich unabhängig erklärt hatten, reiste Franklin 1776 nach Paris. Er wurde mit ungewöhnlichen Ehren empfangen und erfand durch Zufall eine neue Applaudierweise, die erst einhundertsiebzig Jahre später weiter kultiviert wurde.

Franklin verstand schlecht Französisch. Er beschloss also, auf einem Empfang jedes Mal zu klatschen, wenn es seine Freundin, Madame de Boufflers, tat.

Nach dem Empfang fragte er seinen Enkel, der Französisch verstand, ob er alles richtig gemacht habe.

»Ich weiß nicht«, sagte dieser. »Du hast zwar heftig applaudiert, aber immer zu den Lobreden, die auf dich gehalten wurden.«

Franklins Mission in Paris zielte darauf ab, von Frankreich finanzielle Hilfe für die amerikanischen Bestrebungen zu erhalten. Die französische Regierung zögerte; man gab Franklin vorerst anstatt Geld Empfänge.

Man müsse gestehen, meinte bei einer solchen Gelegenheit ein Bewunderer des amerikanischen Unabhängigkeitskampfes, dass Amerika den Franzosen den Anblick eines großen und herrlichen Schauspiels gewähre.

»Nur schade«, sagte Franklin, »dass die Zuschauer nicht dafür zahlen wollen.«

In Frankreich wurde Franklin von Adeligen, Offizieren, Glücksrittern und romantischen Naturen mit Gesuchen überhäuft, auf der Seite der amerikanischen Rebellen gegen die Engländer kämpfen zu dürfen.

Ein Antragsteller machte dabei seine Herkunft geltend: Er sei aus preußischem Hochadel.

»Machen Sie sich deshalb keine Sorgen«, sagte Franklin zu ihm, »das wird Ihnen bei uns nicht schaden.«

Mit siebzig Jahren vergaß Franklin einige der Grundsätze seiner Jugend und verliebte sich glühend in Mademoiselle de Passy, die Tochter des Grafen Boulainvilliers. Diese heiratete jedoch kurze Zeit später den Grafen von Tonnere.

»Eigenartig«, sagte Franklin nachdenklich, »mit all meinen Blitzableitern konnte ich Tonnere nicht davon abhalten, bei Mademoiselle de Passy einzuschlagen.«

Ein junger Amerikaner schilderte Franklin in einem Brief die Schwierigkeit, seine Fleischeslust zu bezwingen, da eine Heirat aus ökonomischen Gründen noch nicht in Frage komme.

»Dann sündigen Sie wenigstens mit einer älteren, anstatt mit einer jüngeren Frau«, schrieb Franklin zurück. »Dafür gibt es mindestens sieben Gründe: 1. Die Sünde ist geringer als bei der Verführung einer Jungfrau. 2. Ältere Frauen haben eine größere Weltkenntnis und bieten eine angenehmere Unterhaltung. 3. Wenn sie nicht mehr schön sind, machen sie sich wenigstens nützlich. 4. Sie haben mehr Erfahrung, eine solche Beziehung geheim zu halten. 5. Sie belästigen Sie wahrscheinlich nicht mit Nachkommen. 6. Sie sind viel dankbarer als jüngere, wenn sie noch einmal das Objekt männlicher Begierde sind. 7. Der Mangel an Säften wird bei aufrecht gehenden Wesen zuerst in den höher gelegenen Körperteilen sichtbar: Das Gesicht wird schlaff, der Hals runzelig, Brust und Arme werden faltig. Die tiefer gelegenen Körperteile bleiben dagegen drall. Wenn man den Oberkörper einer älteren Frau mit einem Korb bedeckt«, schloss Franklin, »und nur betrachtet, was sich unterhalb der Gürtellinie findet, so ist eine ältere Frau tatsächlich nicht von einer jüngeren zu unterscheiden.«

Einige Freunde Franklins weideten interessiert die metaphysischen Felder ab und diskutierten die Unsterblichkeit der menschlichen Seele. Sie wollten von Franklin erfahren, was er davon halte.

»Ich bin alt und praktisch veranlagt«, meinte Franklin. »Warum soll ich mir darüber den Kopf zerbrechen? In Kürze werde ich genau wissen, was es damit auf sich hat.«

Das Erzählen und die Lust zu rauchen bewogen Robert, sich zu erheben und in seinem Regenmantel nach Zigaretten und Streichhölzern zu suchen, wozu er Henriette auf ihrem schönen französischen Bett allein ließ. Diese empfand die Entwicklung der Dinge nicht gerade als ideal, aber von der Erkenntnis ausgehend, dass jeder Mann anders ist und dass nachlassende Spannungen durch Unterbrechungen sich wieder aufbauen können, willigte sie ihrerseits auch in die vorgeschlagene Rauchpause ein.

»Mir gefallen Männer am besten«, sagte sie, durchaus darauf bedacht, dem Gespräch eine bestimmte Wendung zu geben, »die wie dieser Preußenkönig Friedrich der Zweite einfach berichten können: Ich kam, sah, siegte!«

»Aber es war Cäsar, nicht Friedrich, der diesen Satz sagte«, erwiderte Robert, »veni, vidi, vici!«

Und er erzählte, geistreich wie er war, zehn Anekdoten über Friedrich II.

Friedrich II.

Friedrich II. von Preußen hatte eine Vorliebe für Späße, bei denen andere den Kürzeren zogen. Auch der Philosoph und Schriftsteller Moses Mendelssohn, der jüdischer Abstammung war, schien dem König ein geeignetes Objekt.

Bei einer Audienz nahm er ein Blatt Papier, schrieb darauf: »Moses Mendelssohn ist ein Esel«, gab es dem Philosophen und forderte ihn auf, den Text vorzulesen.

Dieser gehorchte, nahm das Blatt und las laut: »Moses Mendelssohn ist ein Esel – Friedrich der Zweite.«

In den Kriegen gegen Österreich, die Friedrich II. um die Provinz Schlesien führte, irrte er nach einer Schlacht, die am ersten Tage verloren schien, in der Dunkelheit allein über das Schlachtfeld. Ein Soldat der Garde, der starke Bedenken hatte, sein Leben für eine offenbar verlorene Sache noch einmal zu wagen, stand im Begriff zu desertieren. Er traf auf Friedrich II., nahm ihn für einen Kameraden und forderte ihn auf, ebenfalls sein Heil in der Flucht zu suchen. Friedrich II. hielt ihn zurück. »Warten wir noch die Schlacht von morgen ab«, meinte er zu dem Deserteur, »wenn der König auch die verliert, desertieren wir zusammen.«

In den Zeiten zwischen den Kriegen kümmerte sich Friedrich II. um die Finanzen, die Philosophie, das Zollwesen, die Justiz, die Oper, die auswärtigen Beziehungen, die Industrie, die Religion, die Ausgaben seines Küchenchefs, das Flötenspiel, die Armee und die Etikette.

Da zwei Damen seines Hofes, ohne sich einigen zu können, um die wichtige Frage stritten, welche von ihnen bei Hofe den Vortritt habe, wurde die Angelegenheit dem König zur Entscheidung vorgelegt.

Dieser erkundigte sich, welcher der Ehemänner den höheren Rang habe.

Beide waren ranggleich.

Welcher von beiden im Rang älter sei, wollte Friedrich II. wissen.

Beide waren vom gleichen Jahrgang.

»Dann soll die Dümmere vorangehen«, entschied Friedrich II.

Zur Zeit des Siebenjährigen Krieges wurde ein Kavallerist, der den intimen Umgang mit Pferden schätzte, von einem preußischen Gericht wegen Sodomie zum Tode verurteilt. Das Urteil wurde Friedrich II. zur Bestätigung vorgelegt.

Dieser war empört, seine Armee auf diese Weise geschwächt zu sehen. Er kassierte das Urteil und schrieb auf den Rand: »Das Schwein soll zur Infanterie.«

Die Einwohner eines Dorfes im ostpreußischen Bezirk Gumbinnen, das an den Ufern der Pissa lag, fanden den Namen des Flusses anstößig und verderblich für die Kindererziehung. Sie wandten sich deshalb an Friedrich II. mit der Bitte, dem Fluss doch einen anständigeren Namen zu geben.

Dieser war einverstanden, machte aber zur Bedingung, dass der Fluss in Uriniko umgetauft werde.

Der schlesische Graf Schaffgotsch hatte die Herrschaft Schlackenwerth in Böhmen geerbt, die recht einträglich war. Der Erblasser hatte jedoch die Bedingung gestellt, der Graf müsse vorher zum katholischen Glauben konvertieren. Selbstverständlich war der Graf dazu bereit und teilte seinem Landesherrn die Umstände und seinen Entschluss mit.

Friedrich II. erhob keinen Einspruch, schrieb aber zurück: »Viele Wege führen ins Himmelreich. Euer Liebden haben den über Schlackenwerth eingeschlagen. Ich wünsche eine glückliche Reise.«

Im dritten Krieg um Schlesien fürchtete Friedrich II., der überlegenen Streitmacht der vereinigten Franzosen und Kaiserlichen bei Roßbach zu unterliegen.

»Sollte ich diese Schlacht verlieren«, sagte er zu einem seiner Generäle, »dann will ich nichts mehr von Thronen und Kriegen wissen, sondern ziehe mich nach Venedig zurück und studiere Medizin.«

»Immer noch auf Mord bedacht, Majestät?«, fragte der General.

Nachdem sich Preußen, Österreich und Russland jahrelang gegenseitig bekriegt und ruiniert hatten, suchten sie gemeinsam einfachere Methoden, sich mit Provinzen zu bereichern. Sie teilten Polen, das zu schwach war, ihnen zu widerstehen, einfach unter sich auf. Die österreichische Kaiserin Maria Theresia empfand die Teilung Polens jedoch als eine Schande, erklärte, sie schäme sich und wolle nicht in der Öffentlichkeit erscheinen.

Als Friedrich II. davon hörte, meinte er belustigt: »Sie weint, aber sie nimmt auch.«

Während einer Inspektionsreise durch Pommern besuchte Friedrich II. eine Dorfschule und ließ den Lehrer die Kinder in seiner Gegenwart examinieren. Der Lehrer benahm sich normal und prügelte jedes Kind gehörig durch, das nicht die richtige Antwort wusste.

Friedrich II., der auch des Öfteren von seinem Krückstock Gebrauch machte, um seine Untertanen mit der Staatsraison vertraut zu machen, stellte den Dorfschullehrer zur Rede; ob das Prügeln diesmal wirklich notwendig gewesen sei.

»In jedem Fall, Majestät«, erwiderte dieser. »Wie sollte ich denn weiter unterrichten, wenn ich die Kinder merken ließe, dass es noch jemanden auf der Welt gibt, der mehr zu sagen hat als ich.«

In Potsdam, wo Friedrich II. in den letzten Jahren seines Lebens ein Palais bauen ließ, das mehr kostete, als die Staatskasse zur Minderung der Schäden aus dem Siebenjährigen Krieg aufgewendet hatte, unterhielt sich Friedrich II. oft über Philosophie und Religion.

In einem dieser Gespräche sagte er zu d'Argens: »Es heißt, dass wir Könige auf Erden die Ebenbilder Gottes seien. Ich habe mich daraufhin im Spiegel betrachtet. Sehr schmeichelhaft für den lieben Gott ist das nicht.«

Henriette, die während des Rauchens nachdachte, kam nach einigen Überlegungen zu der Auffassung, es sei offenbar besser, auf Worte zu verzichten und dafür andere Werte sprechen zu lassen. Da der Prüfstein dieser wie jeder Theorie nur die Praxis sein konnte, lehnte sie sich ruhig auf ein Kissen zurück, zog das linke Knie an, so dass ihr Kleid, so leicht es auch war, den Gesetzen der Schwerkraft gehorchend, zurückrutschen und ihren wohlgeformten Oberschenkel den Blicken Roberts preisgeben musste.

Dieser betrachtete ihn auch wohlgefällig und entzückt, genoss die Schönheit seiner Form, die Zartheit seiner Haut und sagte: »Wie gut, dass ich kein Philosoph bin, sonst hätte dein wunderschönes Bein bald so viele Flecken wie das der Zarin Katharina, nachdem sie mit Diderot über Philosophie diskutiert hatte.«

Und er erzählte, geistreich wie er war, zehn Anekdoten über Diderot.

Denis Diderot

Katharina von Russland, die man die Semiramis des Nordens nannte, war viele Jahre Diderots Mäzenin. Sie kaufte seine Bibliothek auf, lieh sie ihm zur Nutzung auf Lebenszeit und zahlte ihm ein Gehalt als Bibliothekar, und zwar für fünfzig Jahre im Voraus.

Diderot reiste nach Petersburg, um Katharina seinen Dank abzustatten. Die Zarin und Diderot verstanden sich gut, und er hatte jeden Tag drei Stunden freien Zutritt zu ihr, um über Philosophie zu diskutieren. Diderot ließ dabei nicht von seiner Gewohnheit ab, im erregten Gespräch seinen Partnern auf die Schenkel zu schlagen.

»Der Besuch von Diderot war nach jeder Seite ein Gewinn«, kommentierte Katharina später. »Ich habe gar nicht gewusst, wie schnell die Philosophie einem blaue Flecken einbringen kann.«

Fünfundzwanzig Jahre seines Lebens verbrachte Diderot mit der Herausgabe der Enzyklopädie, zuerst mit d'Alembert, später allein. Sie wurde als ein Werk der Materialisten, der Atheisten und also des Teufels angesehen, entsprechend bekämpft, verboten und sogar verbrannt. Sie erschien trotzdem weiter, weil auch hochgestellte Personen zu ihren Förderern zählten.

So kam eines Nachmittags der Innenminister Malesherbes zu Diderot, um ihm anzukündigen, er müsse am nächsten Tag die Manuskripte für die weiteren Bände beschlagnahmen.

Diderot alarmierte seine Freunde. Diese fragten verzweifelt, wie sie in vierundzwanzig Stunden genügend Leute finden sollten, um die Masse der Papiere sicher aufzuheben. »Das ist nicht nötig«, sagte Diderot, »Monsieur de Malesherbes war so freundlich, die Papiere bei sich aufzubewahren.«

An der Mittagstafel des Barons Holbach diskutierte man über Religion, die Frauen, den Zeitgeist und die moderne Naturgeschichte.

Abbé Galiani, der den Advocatus Diaboli machte, sagte, Gott habe nun einmal bestimmt, dass die Frauen, als Strafe für ihren Ungehorsam im Paradies, mit Schmerzen gebären sollten.

»Gut«, erwiderte Diderot, »aber was haben Gott die Weibchen der Tiere getan?«

D'Alembert berichtete Diderot verwundert von einem Priester, der, obwohl Atheist, in Nordamerika unter großer Lebensgefahr 20 000 Indianer zum Christentum bekehrt habe. Er könne das, meinte d'Alembert, nicht verstehen.

»Wieso nicht?«, sagte Diderot. »Gibt es ein größeres Vergnügen, als 20 000 Menschen von etwas zu überzeugen, woran man selbst nicht glaubt?«

Wegen einer seiner Schriften wurde Diderot im Turm von Vincennes gefangen gesetzt. Nach vier Wochen wurde die Haft gemildert, und Diderot durfte sich im Haus des Gouverneurs frei bewegen und auch Besuche empfangen. Seine erste Mätresse, Madame de Puisieux, besuchte ihn dort. Diderot fand sie sorgfältiger gekleidet als sonst und schloss, sie müsse einen neuen Liebhaber haben. Da sie angab, ein ländliches Fest in dem nahe gelegenen Ort Champigny besuchen zu wollen, überkletterte Diderot die Mauer, eilte nach Champigny und fand Madame de Puisieux in den Armen eines Nebenbuhlers.

Was er nach der Entdeckung getan habe, fragten seine Freunde, denen er diese Affäre erzählte.

»Ich ging zurück«, sagte Diderot, »hatte unterwegs einige Ideen über den Zusammenhang von Mode und Geselligkeit, trug sie der Gattin des Gouverneurs vor und ward getröstet.«

In einem philosophischen Streitgespräch ging es um die Frage, ob Gott im Krieg auch auf der Seite der Bösen stehen könne. Die einen verneinten, die anderen bejahten es.

»Die Mönche eines spanischen Klosters haben diese Frage schon konkret beantwortet«, sagte Diderot. »Über ihrer Klosterpforte steht der Satz: ›Gott ist oft auf der Seite der Bösen, wenn diese zahlreicher sind.‹«

Diderot aß gern gut, bekam einen Bauch und litt öfter an Magenerkrankungen. Trotzdem brachte er es nicht fertig, auf reichhaltige Mahlzeiten zu verzichten.

Als Philosoph müsse er doch von Philosophen lernen, hielt man ihm vor. Schon Diogenes habe Enthaltsamkeit im Essen gelehrt.

»Das Problem ist nur«, sagte Diderot, »ob Diogenes das auch gelehrt haben würde, wenn er statt in einem Fass bei Baron Holbach gewohnt und anstatt Kraut diese herrlichen Aale, diese zarten Rebhühner, diese köstlichen Saucen, diese süßen Rosinenkuchen und den Rosé von Tavel gekannt hätte.«

Diderot rühmte einmal in einem Pariser Salon ein neuerschienenes Buch. Er fand es treffend, wichtig und schilderte mit Feuer die Ideen, die darin enthalten seien.

Er habe das Buch auch gelesen, unterbrach ihn einer der Anwesenden, aber von all den schönen und geistreichen Dingen, von denen Diderot berichte, habe er leider nichts darin gefunden.

»Wie? Diese Dinge stehen nicht darin?«, sagte Diderot. »Nun, ich meine jedoch, dass sie hätten darinstehen sollen.«

Ein junger Mann besuchte Diderot und zeigte ihm eine Satire, die er auf ihn und seine Schriften verfasst hatte. Diderot war erstaunt und fragte seinen Besucher, wodurch er ihn beleidigt habe.

Er sei nicht beleidigt, sondern nur brotlos, antwortete der junge Mann. Er habe gehofft, von Diderot einige Taler zu erhalten, wenn er die Satire nicht drucken lasse. Diderot sann eine Weile nach und meinte, es sei besser, die Satire dem Herzog von Orléans zu weihen, der nach seinem wüsten Leben alt und fromm geworden sei und ihn hasse.

Der junge Mann war einverstanden, meinte aber, er habe bei seiner Unkenntnis des Herzogs Schwierigkeiten, die Widmungsepistel zu verfassen.

»Setzen Sie sich«, sagte Diderot, »ich werde sie Ihnen machen. Und wenn sie weniger als 25 Taler einbringt, zahle ich Ihnen den Rest zu.«

Voltaire und Diderot diskutierten über Religion.

»Wenn es keinen Gott gäbe«, sagte Voltaire, »müsste man ihn erfinden.«

»Was man ja dann auch tat«, erwiderte Diderot.

Henriette war ehrlich genug, sich einzugestehen, dass ihr Versuch auch nicht weitergeführt hatte und also eigentlich gescheitert war. So formte sie die erste spitze Bemerkung dieser Nacht und fragte: »Erzählte Casanova eigentlich nur, oder verführte er auch?«

»Und ob er verführte«, antwortete ihr Robert, »ich habe seine Memoiren gelesen, die echten, in denen nicht herumzensiert worden ist.«

Und er erzählte, geistreich wie er war, zehn Anekdoten über Casanova.

Giacomo Casanova

Giacomo Casanova hatte seine Unschuld im stolzen Jünglingsalter von sechzehn Jahren an zwei Schwestern verloren, die jeweils vierzehn Jahre zählten. Der Vorgang hatte einen so tiefen Eindruck hinterlassen, dass Casanova, als er sich der aufreibenden Tätigkeit widmete, die Frauenwelt Europas zu beglücken, stets zwei Freundinnen, zwei Schwestern oder Mutter und Tochter zusammen den Vorzug gab.

Da seine galanten Abenteuer allgemein bekannt waren, fragte ihn eines Tages ein Freund, ob es nicht schwierig sei, die Gunst zweier Damen gleichzeitig zu gewinnen.

»Aber nein«, antwortete Casanova, »die andere hilft einem doch immer dabei.«

Auf einer Reise von Venedig nach Mailand traf Casanova einen reichen Narren, der fest davon überzeugt war, das Schwert zu besitzen, mit dem der heilige Petrus dem Malchus das Ohr abgeschlagen hatte.

Während andere Reisende den Wert der angeblichen Reliquie bezweifelten, bewunderte Casanova das Schwert, erkannte es als echt und verkaufte dem glücklichen Besitzer für tausend Zechinen die dazugehörige Scheide.

Bei seinem ersten Aufenthalt in Paris traf Casanova in der Oper den Herzog von Richelieu, einen Großneffen des berühmten Kardinals, der seine Aufgabe darin sah, Ludwig XV. in der Kunst der Ausschweifungen zu unterrichten. Er fragte Casanova, welche der Schauspielerinnen er hübscher fände.

Dieser deutete auf seine Erwählte, und der Herzog meinte, sie habe aber hässliche Beine.

»Man sieht sie nicht, Monsieur«, antwortete Casanova. »Wenn ich die Schönheit einer Frau prüfe, sind die Beine das Erste, was ich beiseite schiebe.«

Abbé Bernis, der mit Casanova einige Male die Damen getauscht hatte, empfahl ihn in Paris als Finanzgenie. Obwohl Casanova keine Ahnung hatte, ging er zu dem Generalkontrolleur, erfuhr von einer Lotterie, gab sie als seine Idee aus und erhielt für den Plan ein Jahresgeld und Beteiligungen von fast einer Million.

Bernis, der Minister geworden war, fragte Casanova nach den Einzelheiten, und dieser sagte, die Gewinnchancen seien vollkommen echt.

»Das sehe ich«, sagte Bernis lachend, »die Lotterie hat ja schon ihren ersten Gewinner.«

Casanova beschloss 1759, seinen Namen durch den Zusatz Chevalier de Seingalt zu verschönern. Als er auf Schloss Laxenburg mit dem österreichischen Kaiser Josef II. zusammentraf, meinte dieser, Casanova habe den Titel käuflich erworben. Er fragte deshalb verächtlich, was man von einem Mann, den er kenne, halten solle; dieser habe für einen miserablen Adelstitel große Summen ausgegeben.

»Dasselbe, Majestät«, erwiderte Casanova, »was man von den Leuten halten muss, die solche Adelstitel für große Summen verkaufen.«

Der österreichische Staatsmann Kaunitz, der mehrfach als Gesandter tätig gewesen war, unterhielt sich mit Casanova auf einem Empfang über Malerei.

Er liebe Rubens, meinte Kaunitz, denn dieser sei auch Gesandter gewesen und habe sich mit Malerei lediglich die Zeit vertrieben.

»Umgekehrt«, widersprach Casanova, »er war ein Maler, der sich die Zeit damit vertrieb, den Gesandten zu spielen.«

Im Laufe seines abenteuerlichen Lebens hatte Casanova Beziehungen zu einigen hundert Frauen unterhalten, die er verführt, geliebt oder betrogen hatte und von denen er verführt, geliebt oder betrogen worden war.

Der Fürst von Ligne meinte deshalb in einem Gespräche, ob nicht die Liebe zu einem Partner allein wertvoller sei als die zu vielen.

»Sagen Sie das nicht«, entgegnete Casanova, »die Menge tut es auch.«

In Ferney besuchte Casanova Voltaire und erzählte ihm, er habe auf der Reise den Schweizer Schriftsteller Haller kennengelernt. Voltaire lobte seinen Kollegen und meinte, vor diesem großen Mann müsse man niederknien.

Es sei schön, rühmte Casanova seinen Gastgeber, dass er gut und gerecht von Haller spreche; dieser sei leider nicht so gerecht gegen ihn gewesen und habe erklärt, Voltaire sei ein Scharlatan.

»Ah!«, entgegnete Voltaire. »Es ist natürlich möglich, dass wir uns beide täuschen.«

Lorenzo da Ponte, der Librettist Mozarts, fragte Casanova in Wien, ob es wahr sei, dass er durch das Versprechen, eine Wiedergeburt auf okkultem Wege erreichen zu können, eine reiche Dame der Pariser Gesellschaft um zwei Millionen geschröpft habe.

»Sie kennen doch die Leute«, sagte Casanova, »die lügen immer die Hälfte hinzu.«

Graf Waldstein, ein Nachkomme des großen Wallenstein, hatte dem alternden Casanova auf seinem Schloss Dux in Böhmen Asyl gewährt. Casanova lebte dreizehn Jahre in dem Schloss und verfasste während dieser Zeit seine Memoiren.

Als er dem Grafen wieder einmal Teile seiner Erlebnisse vorlas, fragte dieser, ob es nicht traurig sei, sich im Alter an die Sünden der Jugend erinnern zu müssen.

»Das schon«, erwiderte Casanova, »aber wer schreibt, genießt die Sünde doppelt.«

Wenn jener Vergleich einer Frau mit einer Festung, die beide erobert werden wollen, erlaubt ist, dann war Robert ein Eroberer, der, anstatt in die offen daliegende Festung einzudringen, sich damit vergnügte, plaudernd auf ihren Vorwerken spazieren zu gehen.

Vielleicht ist das eine besonders raffinierte Taktik, dachte Henriette und lächelte bei dem Gedanken, wie überflüssig Kriegslisten sein können, beschloss aber, Robert aufmerksamer zu beobachten und genauer auszukundschaften.

Und da auf bestimmte Fragen meist bestimmte Antworten folgen, fragte sie Robert: »Mein Schatz, wie hältst du es eigentlich mit der Religion?«

»Wie der Abbé Galiani«, antwortete Robert vergnügt.

Und er erzählte, geistreich wie er war, zehn Anekdoten über den Abbé Galiani.

Abbé Fernando Galiani

Im Alter von fünfundzwanzig Jahren verlor der Abbé Fernando Galiani seinen Onkel, einen Bischof, bei dem er ein spott- und kunstfreudiges Leben geführt hatte. Er tröstete sich mit wissenschaftlichen Arbeiten und legte eine Sammlung der Gesteine des Vesuvs an.

Da er eine starke Abneigung hegte, den Stürmen der Welt mit geringen finanziellen Mitteln zu begegnen, sandte er die Sammlung an Papst Benedikt. Er fügte eine Abhandlung hinzu und versah sie mit dem biblischen Motto: »Mach, dass diese Steine zu Brot werden.«

Der Papst verstand die zarte Anspielung und setzte dem Abbé eine Rente aus.

Der neapolitanische Hof ernannte 1759 Galiani zum Sekretär der Gesandtschaft in Paris. Er überreichte, wie es der Brauch verlangte, seine Beglaubigungsschreiben in feierlicher Audienz.

Ludwig XV. und seine Hofleute lachten unverhohlen über die putzige Erscheinung des Abbés, der nur einen Meter und fünfzig groß war. Die Situation wurde peinlich, und diplomatische Verwicklungen drohten.

Galiani rettete die Lage. »Sire«, sagte er, »ich bin nur das Probemuster des Sekretärs; er selbst kommt noch.«

In Paris vermochte Galiani dem Hofleben keinen besonderen Geschmack abzugewinnen. Er befreundete sich mit den Aufklärern und wurde bald ein unzertrennlicher Begleiter von Diderot, d'Alembert, Grimm, Holbach, Helvetius und ihren Freundinnen.

Als man ihm vorhielt, dass er den Hof zugunsten der Literatur vernachlässige, sagte Galiani: »So ist das Leben. Wer nach der einen Seite eine Verbeugung macht, kehrt der anderen mit Notwendigkeit den Hintern zu.«

Die Schönen liebte Galiani mehr als die Musen. Obwohl er intimen Umgang mit Damen der besten Gesellschaft pflegte und eine feste Geliebte hatte, vermied er es, die Freudenmädchen in der Rue Saint Honoré zu vernachlässigen.

Madame d'Epinay sagte ihm einstmals während eines Gespräches, er müsse doch auch die berühmte Kupplerin Gourdan kennen.

Galiani verneinte entrüstet: »Ich habe alles immer nur aus erster Hand gekauft und dabei stets die beste Ware erhalten.«

Während eines Essens brillierte Galiani, wie stets, mit spöttischen Reden. Einer der Anwesenden fühlte sich gereizt und beschloss, ihn zurechtzuweisen.

Er sei unverschämt, sagte er zu Galiani. Wenn er neben ihm säße, hätte er ihm schon längst eine Ohrfeige gegeben. Galiani möge sich also als geohrfeigt betrachten.

»Ich trage keinen Degen«, erwiderte Galiani. »Säße ich neben Ihnen, so würde ich mir einen Degen leihen und ihn Ihnen durch den Leib rennen. Betrachten Sie sich also als tot.«

Als Galiani nach Neapel zurückbeordert wurde, glaubten seine Landsleute nicht, dass er in Paris einen ausgezeichneten Ruf als Diplomat besessen habe. Nach einigen Monaten wurde er jedoch bewundert.

Besucher fragten ihn, worauf er diesen Umschwung zurückführe.

»Die Achtung meiner diplomatischen Fähigkeiten durch die Neapolitaner habe ich mir erworben«, sagte Galiani, »nachdem es mir gelungen war, meine Nichte günstig zu verheiraten, obwohl sie hässlich ist, hinkt und einen Buckel hat.«

Der König von Neapel führte unter seinen vielen Titeln auch den eines Königs von Jerusalem; natürlich war er eine Dekoration. Da Galiani den Titel eines Geistlichen hatte, fragte ihn der König eines Tages amüsiert, wo eigentlich sein Sprengel liege.

»In Ihrem Königreich Jerusalem«, antwortete der Abbé.

Seiner geistreichen Bemerkungen wegen war Galiani in der gebildeten Welt Europas allgemein berühmt, seiner giftigen Zunge wegen aber auch gefürchtet.

Als Melchior Grimm in Paris erfuhr, dass Galiani an einer Vergiftung erkrankt war, deren Ursache die Ärzte nicht finden konnten, meinte er: »Dabei liegt sie doch klar zutage; er hat sich in die Zunge gebissen.«

Bei einem Spaziergang durch die halbdunklen Gänge des Palazzo Reale in Neapel fand sich Galiani plötzlich hinter einer halbverschleierten Schönen. Er hielt sie für eine Bekannte und streichelte zärtlich ihre rückwärtigen Rundungen.

Die Dame drehte sich empört um: Es war die Königin.

Galiani sank auf die Knie und seufzte: »Wenn Euer Herz, Madame, ebenso hart ist wie Euer Hintern, bin ich ein verlorener Mann.«

Zwei Stunden vor Galianis Tod sprach der englische General Aston, den er nicht leiden konnte, bei ihm vor.

Der Sterbende sagte zu seinem Diener: »Melde Seiner Exzellenz, dass ich ihn leider nicht empfangen kann, da mein Wagen wartet. Sobald ich angelangt bin, werde ich ihn ihm zurückschicken.«

»Gut«, sagte Henriette ebenfalls vergnügt, »wenn es so ist, muss ich dir eine andere Frage stellen: Es gibt Männer, die können eine Bluse aufknöpfen, und es gibt Männer, die können keine Bluse aufknöpfen; zu welchen gehörst du?«

»Ich weiß es nicht«, antwortete Robert, »aber ich weiß, um mit Lessing zu reden, dass das Aufknüpfen einer Bluse einer jener fruchtbaren Augenblicke ist, der der Einbildungskraft freies Spiel lässt, dann aber das Erwartete mit dem Gesehenen konfrontiert.«

Und er erzählte, geistreich wie er war, zehn Anekdoten über Lessing.

Gotthold Ephraim Lessing

Ein Jugendfreund von Gotthold Ephraim Lessing hatte eine Abhandlung über Verstand und Glück geschrieben, die er ihm in treuer Anhänglichkeit widmete.

Um die Wirkung zu steigern, überreichte er sie Lessing persönlich.

Dieser nahm das Buch, las den Titel und sagte entsetzt: »Um Gottes willen! Wie kannst du über zwei Dinge schreiben, die du nie gehabt hast?«

Obwohl Lessings Einkünfte gering, seine Schulden beachtlich und seine finanziellen Aussichten trübe waren, verhielt er sich in Geldsachen ungemein nachlässig. Einer seiner Diener bestahl ihn deshalb mit Ausdauer.

Seine Freunde machten ihn darauf aufmerksam, und Lessing entschloss sich zu einer Probe. Er ließ Geld auf dem Tisch liegen und berichtete seinen Freunden später, es sei am nächsten Tag noch da gewesen.

Ob er das Geld auch gezählt habe, wollten diese wissen.

»Nein«, sagte Lessing verwundert, »das habe ich vergessen.«

Nachdem Klopstocks geistliche Oden und Lieder erschienen waren, fragte Lessing seinen Freund Gleim, was er davon halte.

Dieser zögerte, seine Meinung zu sagen.

»Nur keine Angst«, ermunterte ihn Lessing. »Wenn Sie schlecht darüber urteilen, werde ich an Ihrem Christentum zweifeln, wenn Sie gut darüber urteilen, an Ihrem Geschmack.«

Während eines Spaziergangs kam Lessing mit einigen Gefährten an einem Galgen vorbei, an dem der Gehängte zur Abschreckung noch im Wind schaukelte.

Da man Lessings Kunst, Epigramme zu verfertigen, kannte, fragte man ihn ironisch, ob er in der Lage sei, schnell eine Grabschrift zu entwerfen.

»Nichts leichter als das«, sagte Lessing. »Hier ruht er, wenn der Wind nicht weht.«

Eine gelehrte Gesellschaft stritt sich über die Frage, ob es in Europa mehr Soldaten oder Mönche gebe. Die Meinungen waren geteilt, und man fragte Lessing, welcher Ansicht er sei.

»Wenn der Landmann seine Saat von Schnecken und Mäusen vernichtet sieht«, erwiderte er, »was ist ihm wohl schrecklicher? Dass der Schnecken mehr sind als der Mäuse? Oder dass es sich umgekehrt verhält?«

Als Lessings Lustspiel »Minna von Barnhelm« aufgeführt wurde, kritisierten einige Verehrer Preußens die darin enthaltenen Spitzen gegen Friedrich II. und seine Regierungspraxis. Er, Lessing, sei immerhin während des Siebenjährigen Krieges selbst für zweieinhalb Jahre nach Berlin gegangen.

»Das ist ungenau«, bemerkte Lessing zu dem Vorwurf. »Ich ging nicht nach Berlin, sondern zu meinen guten Freunden, die in Berlin sind.«

Nach einem besonders kalten Winter in Hamburg äußerte ein Besucher Lessings sein Entzücken über den nahenden Frühling.

»Ach, diese ewig grünen Bäume«, sagte Lessing unmutig, »warum können sie nicht einmal blau sein?«

Der Schauspieldirektor einer kleinen Provinzstadt besuchte Lessing und erzählte mit Selbstzufriedenheit, er habe »Nathan der Weise« einstudieren lassen.

Wer den Nathan spiele, fragte Lessing interessiert.

Er werde ihn selbst geben, antwortete der Schauspieldirektor.

»Gut«, sagte Lessing, »und wer spielt den Weisen?«

In seinen letzten Lebensjahren hatte Lessing eine Haushälterin, die mit seinem Leben, seinem Beruf und seiner Unordnung äußerst unzufrieden war.

Nach dem Tode Lessings wurde sie gefragt, wie der Dichter gelebt habe.

»Nun«, sagte sie überzeugt, »er tat nichts, taugte nichts und rauchte viel.«

Die alte Fabel von den Fröschen, die einen König haben wollten, interessierte Lessing ungemein. Da er in Friedrich II. das Bild eines großen und unternehmungslustigen Königs vor Augen hatte, sann er auf eine neue Auslegung.

»Ich sehe in dem Verlangen der Frösche zwei Torheiten«, bemerkte er zu seinem Bruder. »Die Torheit, überhaupt einen König haben zu wollen, und die Torheit, nicht mit einem schläfrigen und untätigen König zufrieden zu sein.«

»Du gehörst also zu denen, die eine Bluse nicht aufknöpfen können«, sagte Henriette zu Robert und unternahm, dem Geist mit der Tat zu begegnen, das Unterlassene selber nachzuholen.

»Halt!«, unterbrach Robert sie in ihrem Tun. »Du hast spitz gefolgert wie Lichtenberg, aber doch falsch.«

Und er verrichtete, was seine Arbeit war, höchst fachgerecht, aber nicht ohne dem einmal erwähnten Stern von Göttingen dabei ausreichend Erwähnung zu tun.

Und er erzählte, geistreich wie er war, zehn Anekdoten über Lichtenberg.

Georg Christoph Lichtenberg

Im Jahre 1770 machte der Schriftsteller, Physiker und Mathematiker Georg Christoph Lichtenberg eine Reise aus der Kleinstadt Göttingen in die Weltstadt London. Er studierte dort die Einrichtungen des Landes vom Parlament bis zum Bordellwesen, was ihn fortan für die deutsche Metaphysik unbrauchbar machte.

Nach seiner Rückkehr fragte man ihn, worin der entscheidende Unterschied zwischen England und Deutschland bestehe.

»Sie tun die Taten«, sagte Lichtenberg, »und wir übersetzen die Erzählungen davon ins Deutsche.«

Ein Besucher unterhielt sich mit Lichtenberg über ein neuerschienenes Buch. Er fand, es enthalte verwerfliche Gedanken über die Religion, die Politik und die Schweinezucht; zudem sei der Stil schlecht und klinge hohl.

»Wenn ein Buch und ein Kopf zusammenstoßen, und es klingt hohl«, entgegnete Lichtenberg, »sind Sie sicher, dass es allemal am Buche liegt?«

Der christliche Schwärmer Johann Caspar Lavater hatte eine Theorie entwickelt – und gab sie als wissenschaftlich gesichert aus –, nach der aus der Beschaffenheit von Nase, Stirn, Ohren und Kiefer die charakteristischen Eigenschaften der Menschen abgeleitet werden konnten. Sie fand selbst bei Goethe starke Beachtung. Lichtenberg verfolgte die Abhandlungen Lavaters mit Interesse. »Dieses ist eine Theorie, die in der Psychologie eben das vorstellt, was eine sehr bekannte in der Physik ist«, meinte er nach einiger Zeit, »jene nämlich, die das Nordlicht durch den Glanz der Heringsschwänze erklärt.«

Von den allgemeinen Vorstellungen über die Gefährtin eines Wissenschaftlers zeigte Lichtenberg bedenkliche Abweichungen. Er bevorzugte hübsche Landmädchen und lebte viele Jahre mit Töchtern von Leinewebern und Weißbindern zusammen.

Seine Freunde kritisierten vorsichtig seine Wahl. Er sei immerhin Professor, und seinen Partnerinnen sehe man ihre Herkunft an.

»Mein Geschmack ist konservativ«, verteidigte sich Lichtenberg. »Ich verlange wie ehemals nur, dass die Mädchen schön sind, nicht wie heutzutage, dass sie auch noch gescheit aussehen sollen.«

Bei einer physikalischen Vorlesung stellte Lichtenberg die Behauptung auf, die wichtigsten Dinge würden durch Röhren getan. Die Studenten verlangten Beweise für diese merkwürdige Hypothese.

»Nichts leichter als das«, sagte Lichtenberg. »Die Zeugungsglieder, die Schreibfeder und unser Schießgewehr.«

Lichtenbergs Freund Georg Forster hatte an der Weltumsegelung Kapitän Cooks teilgenommen. Nach seiner Rückkehr berichtete er von den Sitten und Gebräuchen in der Südsee. Besonderes Aufsehen erregte sein Hinweis, dass es auf bestimmten Inseln noch Menschenfresserei gebe.

»Unsere Kultur ist dagegen wirklich fortgeschritten«, kommentierte Lichtenberg. »Wir fressen einander nicht, wir schlachten uns bloß.«

Ein Kollege gab Lichtenberg ein Buch über die Zeit, als in der spanischen Monarchie die Sonne nicht unterging. Die Darstellung war rühmend. Lichtenberg fand sie schlecht.

Warum er von dem Buch nichts halte, fragte der Kollege neugierig.

»Weil es nicht darauf ankommt«, erklärte Lichtenberg, »ob die Sonne in eines Monarchen Staaten nicht untergeht, sondern was sie während ihres Laufes in diesen Staaten zu sehen bekommt.«

Der Geniekult seiner Zeit langweilte Lichtenberg. Er fand, es handele sich zwar um einen Kult, aber leider nicht um Genies.

Wie es dann aber komme, dass so viele Personen zu dem Ruf gelangten, ein Genie zu sein, drang man in ihn.

»Genauso«, sagte Lichtenberg, »wie die Kellerassel zum Namen Tausendfüßler; nicht, weil sie so viele Füße hat, sondern weil die meisten nicht bis auf vierzehn zählen.«

Von 1777 bis 1798 redigierte Lichtenberg den »Göttinger Taschenkalender«. Bei dieser Arbeit las er eine große

Anzahl von Kritiken über die neueren Werke der zeitgenössischen Literatur.

»Unter die größten Entdeckungen, auf die der menschliche Verstand in der neuesten Zeit gefallen ist«, notierte er danach, »gehört wohl die Kunst, Bücher zu beurteilen, ohne sie gelesen zu haben.«

Eine Göttinger Professorenrunde erging sich kritisch über das Verhalten der einfachen Leute, deren Unheil es sei, dass sie den Verlockungen des Fleisches stets erlägen, weshalb sie auch keinen Zugang zu Höherem hätten.

»Bei den Professoren ist es umgekehrt«, ergänzte Lichtenberg, »sie ruinieren sich nicht durch das Fleisch, das sich gegen den Geist, sondern durch den Geist, der sich gegen das Fleisch erhebt.«

»Und nun«, sagte Henriette, die Robert immer noch den Rücken zukehrte, »was geschieht jetzt?«

»Jetzt«, sagte Robert und flüsterte Henriette ins Ohr, »jetzt erzähle ich dir zuerst von einem Berliner Arzt, den man unter den geistreichen Männern der damaligen Zeit nicht vergessen darf.«

Und er erzählte, geistreich wie er war, zehn Anekdoten über Heim.

ERNST LUDWIG HEIM

Ernst Ludwig Heim, neben Hufeland der berühmteste Arzt seiner Zeit, wurde von einer vornehmen Berliner Dame aufgesucht, die häufig an Kopfschmerzen litt. Während der Behandlung fragte sie ihn, wie er sich zu den alten volkstümlichen Hausmitteln stelle, und Heim meinte, man könne sie keinesfalls einfach ablehnen.

Die Dame schöpfte Mut und gestand nun, eine Bauersfrau habe ihr empfohlen, gegen Kopfschmerzen den Scheitel mit Sauerkraut zu bedecken; sie habe es getan und glaube Linderung zu verspüren.

»Das ist ganz ausgezeichnet«, rief Heim aus, »ganz ausgezeichnet. Aber ich würde nie vergessen, auch eine Bratwurst draufzulegen.«

Hufeland stellte eines Tages Heim wegen seines häufigen Gebrauchs von Arsenik zur Rede. Er verwies auf den Schaden, welchen besonders junge Ärzte, die seinem Beispiel folgten, damit anrichten könnten, und schloss mit der Frage, was Heim wohl sagen werde, wenn Gott von ihm beim Jüngsten Gericht darüber Rechenschaft fordere.

»Was ich sagen werde?«, erwiderte Heim und legte Hufeland die Hand auf die Schulter. »Ich werde ihm sagen: ›Alter Junge, davon verstehst du nichts.‹ «

Da Heim die Armen der Stadt unentgeltlich oder gegen ein geringes Honorar behandelte, achtete er sorgfältig darauf, von zahlungskräftigen Patienten den Verlust wieder ersetzt zu bekommen.

Einst wurde er dringend zu einem erkrankten Bankier gerufen; als er eintraf, war dieser jedoch schon gestorben.

Sie bedaure sehr, dass er sich umsonst bemüht habe, sagte die Witwe, als er ihr sein Beileid aussprach.

»Umsonst nun gerade nicht«, erwiderte Heim, »aber vergeblich.«

Bei einem Diner saß Heim neben einer Gräfin, die ihn als medizinische Kapazität um einen Rat fragte. Ihr Hausarzt habe ihr nämlich verschrieben, in der Frühe ein Glas kaltes Wasser zu trinken, eine Viertelstunde danach eine Tasse Kaffee und dann wieder ein Glas kaltes Wasser. Nun habe sie aber gerade heute das Glas Wasser vor dem Kaffee vergessen und fürchte die Folgen, da man doch die Verordnungen eines Arztes auf das Gewissenhafteste befolgen müsse.

»Das ist schauderhaft, Frau Gräfin«, sagte Heim todernst und schaute sie mit großen Augen an. »Fahren Sie sofort nach Hause und lassen Sie sich ein Klistier von kaltem Wasser geben, damit der Kaffee wieder in die Mitte kommt.«

Da man Heim nachsagte, er rieche förmlich, was ein Patient für eine Krankheit habe, beschlossen seine Studenten, ihm einen Schabernack zu spielen. Einer legte sich ins Bett und heuchelte, als Heim ihn besuchte, eine Krankheit genau nach den Symptomen, die er in einer Übung beschrieben hatte.

»Zunge raus!«, befahl Heim, nachdem er sich ein paar Sätze lang mit dem Simulanten unterhalten hatte. »Noch weiter! So ist es gut. Und nun leck mich am Arsch!«

Eine Patientin, die auf eine gehobene Sprache Wert legte, erzählte Heim bei einem Besuch, sie habe eine Explosion nach Berlin gemacht, um ihn zu insultieren, da sie an einer Konfektion nach dem Kopf zu leide.

»Na, dann schicken Sie mal jemand in die Hypothek«, sagte Heim. »Ich habe Ihnen Rhinozerosöl verschrieben.«

Heim ärgerte sich lange Zeit über einen Kurpfuscher, der ihn ständig mit »Herr Kollege« ansprach. Endlich erhob er Einspruch und wies ihn zurecht.

Aber sie übten doch beide den gleichen Beruf aus, wandte der Zurechtgewiesene ein.

»Ja«, sagte Heim, »wie Optiker und Tischler, beide fertigen bekanntlich Brillen an.«

An Heims Stammtisch besprach man zu vorgerückter Stunde die Fähigkeiten der verschiedenen Kollegen. Von einem wusste man nur zu berichten, er sei ein anständiger Mensch, denn er verlange von vielen Patienten überhaupt kein Honorar.

»Das mag schon sein«, meinte Heim nachdenklich, »vermutlich wird in diesen Fällen die Rechnung von den trauernden Hinterbliebenen beglichen.«

Ein reicher Patient, der sich unentwegt rühmte, eine Sammlung besonders seltener Kunstschätze zu besitzen, hörte, wie Heim nach einer gründlichen Untersuchung den Befund diktierte.

Ob das eine besonders seltene Krankheit sei, fragte er hoffnungsvoll.

»Ach, bewahre«, erwiderte Heim, »die Friedhöfe sind voll davon.«

Heim, der siebenundachtzig Jahre alt wurde, fand es immer lästiger, sich unentwegt Gesichter und Namen merken zu müssen. Er begrüßte deshalb alle Personen gewohnheitsmäßig mit einer barschen Frage nach Name und Beruf.

Als Schleiermacher, den er hin und wieder gesehen hatte, Unter den Linden auf ihn zutrat, begrüßte er auch ihn mit den Worten: »Wie heißen Sie? Wer sind Sie?«

Schleiermacher stutzte, verstand dann und sagte, er heiße Heim und sei ein hochberühmter Arzt.

»Quatsch«, knurrte Heim. »Sie heißen Schleiermacher und wollen ein berühmter Philosoph sein.«

Zu Roberts Ehre sei gesagt, dass er staunte, als seine Augen sahen, dass vollkommen war, was seine Hände als vollkommen erachtet hatten.

»Mein Gott«, sagte er, »mein Gott, bist du schön! Schön wie ein Goethe-Gedicht.«

Und er erzählte, geistreich wie er war, zehn Anekdoten über Goethe.

Johann Wolfgang von Goethe

Der junge Johann Wolfgang Goethe besuchte 1778 den Redakteur der Spenerschen Zeitung Gottlob Wilhelm Burmann, der als ein glühender Verehrer seiner Werke hervorgetreten war. Beide hatten sich noch nie gesehen, und Burmann fragte den Eintretenden mürrisch, wer er sei und was er wolle.

Goethe nannte seinen Namen; Burmann sprang auf, warf sich ihm zu Füßen und wälzte sich über den Fußboden.

Was er um Gottes willen habe, fragte Goethe verwundert. Nichts, entgegnete Burmann, das komme nur von der Freude, dass Goethe ihn besuche.

»Nun«, sagte Goethe, »wenn es so ist, kann ich auch mithalten«, legte sich neben Burmann und wälzte sich gleichfalls durch die Redaktionsstube.

Der alte Gleim besuchte seinen Freund Wieland in Weimar und nahm mit ihm zusammen an einer höfischen Gesellschaft teil. Wie es der Brauch verlangte, las er aus einem neuen Musenalmanach vor.

Nach einiger Zeit erbot sich ein Jäger, Gleim beim Vorlesen abzulösen. Er las gut, aber bald hatte Gleim das Gefühl, die Verse nicht wiederzuerkennen; aus ihnen wurde das witzigste, geistvollste und verrückteste Zeug, von dem Gleim wusste, dass es nicht in dem Musenalmanach stand – darunter auch eine Fabel auf Gleim in Knittelversen.

Gleim beugte sich zu Wieland und flüsterte ihm zu, das müsse entweder Goethe oder der Teufel sein.

Wieland flüsterte zurück: »Beide!«

In Weimar träumte Goethe den Traum von einem deutschen Nationaltheater, das er sogar mit militärischen Mitteln zu erreichen suchte. Unbotmäßige Schauspieler mussten Wache schieben, widersetzliche Schauspielerinnen bekamen Stubenarrest mit einer Schildwache vor der Tür. Für subtilere Naturen ersann er andere Strafen.

Als ein Schauspieler sich weigerte, in »Wallensteins Lager« eine unbedeutende Rolle zu spielen, drohte Goethe: »Dann werde ich die Rolle selber spielen!«

Der Schauspieler übernahm die Rolle sofort.

Als nach der französischen Besetzung in den deutschen Staaten die Zensur eingeführt wurde, verteidigte sie Goethe mit bewegten Worten. Seine Freunde waren empört; die Zensur sei nicht nur eine Schande, sie verstoße auch gegen die Traditionen eines freiheitlichen Geistes.

»Ganz im Gegenteil«, antwortete Goethe, »es ist die einzige Möglichkeit, die Deutschen zu zwingen, geistreich zu schreiben.«

Goethe heiratete 1806, nach langjährigem Konkubinat, das Blumenmädchen Christiane Vulpius, das nichts von Poesie verstand, die Höflichkeit besaß, davon zu schweigen, ihn stets mit Herr Geheimrat anredete, ihm den Haushalt führte und ihm bei der Besetzung Weimars durch die Franzosen das Leben rettete.

Befragt, warum sie geheiratet hätten, antwortete Christiane Vulpius: »Der Herr Geheimrat und ich, wir saßen immer und sahen uns an. Das wurde am Ende langweilig.«

Bei einem Besuch im Hause Schillers wurde dieser zur Erledigung einer dringenden Angelegenheit für kurze Zeit weggerufen. Goethe blieb allein zurück und sah sich in der Stube um. Auf dem Arbeitstisch Schillers lag ein Blatt mit zwei angefangenen Versen: »Er saß auf ihres Bettes Rand / Und spielte mit den Flechten.«

Goethe überlegte einen Augenblick und vollendete dann: »Das tat er mit der linken Hand / Was tat er mit der rechten?«

Eine der Berliner Verehrerinnen Goethes wollte den großen Meister persönlich sehen. Sie fuhr nach Weimar, bestach Goethes Gärtner mit einem Taler und versteckte sich in einer Laube, bis der Dichter seinen Morgenspaziergang machte.

Als Goethe die Laube erreicht hatte, sprang sie hinaus, stellte sich entzückt vor ihn, sagte, sie bete ihn an, kenne alle seine Werke und wisse sie sogar auswendig.

Zum Beweis begann sie auf der Stelle zu deklamieren: »Festgemauert in der Erden / Steht die Form aus Lehm gebrannt.«

»Nun«, unterbrach Goethe sie, »ich bin überzeugt.«

Zuweilen aß Goethe bei der Herzogin Amalia in Tiefurt zu Mittag. Deren Mundkoch hielt Sauerkraut für die größte aller Delikatessen und servierte es bei jeder Gelegenheit. Goethe verabscheute das Gericht.

Nachdem er wieder einmal mit Sauerkraut traktiert worden war, entschuldigte er sich, stand auf, ging in ein Nebenzimmer und las einige Seiten in einem aufgeschlagenen Roman. Nach einer Weile kam er verdrossen zurück.

»Das ist zu arg«, sagte er. »Erst Sauerkraut und dann fünfzehn Seiten Jean Paul! Das halte aus, wer will! Ich nicht!«

Im Jahre 1895 wurden Goethes Briefe an Frau von Stein neu herausgegeben. Der Literaturwissenschaftler, der die Auswahl besorgte, war ein deutscher Professor. Er versah also die Briefe reichlich mit Anmerkungen.

Die ersten Briefe hatten als Anrede: »Liebe Frau von Stein.« Einige Zeit später hieß es: »Liebste Frau von Stein.«

Der Professor kommentierte in einer Fußnote: »Die Leidenschaft wächst.«

Am 27. August 1818 befahl Goethe seinem Diener, zwei Flaschen Malvasier nebst Gläsern in den Salon zu bringen. Er ließ die Gläser füllen, ging missmutig auf und ab und betrank sich.

Sein Arzt traf ihn in dieser Stimmung und fragte, was ihm solchen Verdruss bereite.

»Alles«, sagte Goethe. Seine Freunde seien undankbar. Ganz Deutschland sei undankbar. Es fehle überall an Gemüt. Man habe ihn sogar in seinem eigenen Hause vergessen, er habe immerhin heute Geburtstag, und wenn keiner auf seine Gesundheit trinken wolle, tue er es eben alleine.

Überall würden doch die Vorbereitungen zu seinem Geburtstag getroffen, berichtigte der Arzt. Er habe sich einfach im Kalender geirrt, man schreibe erst am nächsten Tag den 28. August.

»Heilige Jungfrau«, sagte Goethe kopfschüttelnd, »da habe ich mich umsonst besoffen.«

»Lässt du Damen immer in dieser Weise längere Zeit stehen?«, fragte Henriette mit deutlich zunehmender Ungeduld in der Stimme und mit dieser Frage gleichzeitig auf ihren leicht dekuvrierten Zustand verweisend.

»Entschuldige, mein Schatz, natürlich nicht«, sagte Robert und küsste Henriette sofort auf die Stirn, »aber weißt du eigentlich, wann eine Dame keine Dame mehr ist?«

»Nein«, erwiderte Henriette gottergeben, »aber ich bin sicher, dass du es mir erzählen wirst!«

»Talleyrand hat es genauestens bestimmt«, erwiderte Robert darauf.

Und er erzählte, geistreich wie er war, zehn Anekdoten über Talleyrand.

Charles Maurice Talleyrand

Madame de Staël und Talleyrand schätzten einander zeitweise sehr. In einem Gespräch erklärte ihr Talleyrand den Unterschied zwischen einem Diplomaten und einer Dame.

»Sagt ein Diplomat ›ja‹«, sagte Talleyrand, »so meint er ›vielleicht‹. Sagt er ›vielleicht‹, so meint er ›nein‹. Sagt er aber ›nein‹, so ist er kein Diplomat. Sagt dagegen eine Frau ›nein‹, so meint sie ›vielleicht‹. Sagt sie ›vielleicht‹, so meint sie ›ja‹. Sagt sie aber ›ja‹, so ist sie keine Dame.«

Napoleon ließ 1804 den jungen Herzog von Enghien auf badischem Gebiet verhaften und in Vincennes erschießen. Er wollte ein Exempel statuieren.

Als Talleyrand, zu dieser Zeit Minister und diplomatischer Ratgeber Napoleons, davon erfuhr, sagte er zu seinen Mitarbeitern: »Das ist schlimmer als ein Verbrechen, das ist eine Dummheit.«

Nachdem Talleyrand sich mit Napoleon überworfen hatte, half er ihn stürzen und stellte seine Talente in den Dienst der Bourbonen.

Ludwig XVIII. schätzte Talleyrand zwar, misstraute ihm aber und überlegte von Zeit zu Zeit, ob er ihn nicht verabschieden könne.

So fragte er eines Tages Talleyrand missmutig, wie er es fertiggebracht habe, zuerst das Direktorium und dann Bonaparte zu stürzen.

»Ich habe gar nichts dazu getan, Sire«, antwortete Talleyrand. »Es ist ein unerklärliches Etwas in mir, das den Regierungen, die mich vernachlässigen, Unheil bringt.«

In einem Salon, in dem sich Talleyrand befand, wurde die Unbestechlichkeit gelobt und die Bestechlichkeit getadelt.

Auch Talleyrand wurde um seine Meinung gefragt.

»Das ist eine Frage des Preises«, sagte er, »ich stehe für mich bis zu einer Million.«

Von Statur war Talleyrand klein. Außerdem hinkte er. Eine Gräfin, der er seine Aufmerksamkeit widmete, behandelte ihn deshalb schlecht. Sie gab zu verstehen, ihr Herz schlage für einen hochgewachsenen Jüngling.

»Schwärmen Sie nicht für hohe Häuser, Madame«, riet ihr Talleyrand. »Bei ihnen ist meistens das oberste Stockwerk schlecht möbliert.«

Charles Maurice Talleyrand war während seines Lebens Geistlicher, Revolutionär, Emigrant, Außenminister des Direktoriums, Förderer, Minister und Widersacher Napoleons, Minister unter den Bourbonen und der erfolgreichste Diplomat seiner Zeit.

Da er wenig andere Leidenschaften als die Macht, die Diplomatie und das Geld hatte, die er auf das Feinste miteinander zu verbinden wusste, brachte er es auf ein Vermögen von 14 Millionen Francs.

Als er 1797 das erste Mal Außenminister wurde, sagte er zu seinen Beamten: »Vor allem eins, meine Herren – keinen Eifer.«

Ludwig XVIII. hatte nach Antritt seiner Herrschaft einen Verfassungsentwurf ausarbeiten lassen und las ihn Talleyrand vor. Dieser bemängelte, über die Besoldung der Deputierten würden keine Angaben gemacht.

Er gehe davon aus, entgegnete Ludwig XVIII., dass die Deputierten ihr Amt umsonst ausüben würden. Es handele sich schließlich um eine Ehre, Deputierter zu sein.

»Umsonst?«, rief Talleyrand entsetzt aus. »Umsonst? Sire, das kommt uns viel teurer.«

Auf dem Wiener Kongress, der nach der Abdankung Napoleons über die Gestaltung der europäischen Staaten und Dynastien entscheiden sollte, fragte ein Kollege Talleyrand, ob es stimme, dass die Herzogin von O. eine Nacht mit dem Grafen P. verbracht habe.

»Allerdings stimmt das«, antwortete Talleyrand, »ich entsinne mich sogar noch des Datums. Es war die Nacht vom 3. Mai zum 15. Juni.«

Einige Zeit nachdem Napoleon am 5. Mai 1821 auf der Insel St. Helena gestorben war, traf die Kunde davon in Paris ein. Man unterrichtete auch Talleyrand von diesem sensationellen Ereignis. Er bemerkte lässig: »Es ist nur noch eine Nachricht, kein Ereignis mehr.«

Während eines Gesprächs fragte man Talleyrand, welcher Eigenschaft er seine politischen und diplomatischen Erfolge zuschreibe, die er unter den verschiedensten Regierungen gehabt habe.

»Keiner Eigenschaft«, entgegnete Talleyrand, »sondern einer Erkenntnis: dass dem Menschen die Sprache gegeben ist, um seine Gedanken zu verbergen.«

»Ich liebe dich, ich begehre dich, ich warte auf dich!«, sagte Henriette, die sich nun einem Zustand näherte, der sich am besten als eine Mischung aus Hysterie und verzweifelter Entschlossenheit beschreiben ließe.

»Verstehst du«, setzte sie ihre Rede in der Hoffnung fort, durch größere Direktheit besser verstanden zu werden, »die geistreichsten Philosophen und Dichter können in bestimmten Situationen entsetzlich langweilig wirken.«

»Richtig«, sagte Robert, der aufmerksam zugehört hatte, »Madame de Staël war genau der gleichen Meinung.«

Und er erzählte, geistreich wie er war, zehn Anekdoten über Madame de Staël.

Madame de Staël

Madame de Staël war als Tochter des Bankiers und Finanzspezialisten Necker geboren worden, der seine Frau so abgöttisch verehrte, dass er sie nach ihrem Tode in Alkohol einlegen ließ. Die ganze Familie wetteiferte in gegenseitiger Verehrung: Der Vater betete die Tochter an, die Tochter betete den Vater an, und die Mutter betete beide an.

Dies hatte jedoch auch seine Schattenseiten. Als Madame de Staël während der Revolution gezwungen war, längere Zeit auf dem Besitz ihres Vaters in der Schweiz zu verweilen, seufzte sie: »Es ist wahr: Ich liebe meinen Vater wie einen Gott. Es ist ein Kult. Aber auch in der Kirche gähnen die Leute.«

Schon früh bekannte sich Madame de Staël als Verehrerin Rousseaus, pries die Leidenschaft und wurde zur Künderin romantischer Liebe und Ehe. Das hinderte sie jedoch nicht daran, aus reinen Nützlichkeitserwägungen den schwedischen Botschafter Baron de Staël zu ehelichen, der seinerseits wiederum in ihre Millionen verliebt war.

Als man sie fragte, warum sie einen Mann heiratete, den sie nicht liebe und der überdies hohl und träge sei, sagte die Schülerin Rousseaus: »Er ist unfähig, mich unglücklich zu machen, da er ebenso unfähig ist, irgendetwas zu meinem Glück beizutragen.«

Die Liebschaften Madame de Staëls, die stets mehrere »erhörte« und »unerhörte« Anbeter in ihrem Gefolge zählte, waren ein Schauspiel, das Europa dreißig Jahre lang genoss, ohne dafür Eintrittsgeld zu zahlen. Dabei war sie von der Natur keineswegs besonders begünstigt worden. Man rühmte ihr nach, sie habe lediglich schöne Arme und einen schönen Busen. Beides trug sie so offen wie möglich zur Schau. »Man muss eben sein Gesicht dort zeigen«, sagte sie, »wo man es hat.«

Als Napoleon an die Macht kam, der Madame de Staël später vierzehn Jahre lang aus Paris verbannte, zählte sie noch zu seinen begeisterten Anhängerinnen. Sie konspirierte mit ihm und suchte ihn mehrfach auf.

Eines Tages wollte sie unangemeldet in sein Haus in der Rue Chantereine eingelassen werden. Der Diener erklärte, das gehe nicht, der Bürger General sitze nackt im Bad.

»Das macht nichts«, rief Madame de Staël, »ein Genie hat kein Geschlecht.«

Zur Zeit der Revolution machte Madame de Staël ihren Einfluss geltend, um verfolgten Aristokraten zu helfen. Sie schrieb Briefe, verhandelte, zahlte Bestechungsgelder, besorgte Pässe und organisierte die Fluchtreisen.

Ein Aristokrat, dem sie auf die gleiche Weise half, fragte verwundert, weshalb sie diese Gefahren auf sich nehme, sie sei es doch gewesen, die früher so leidenschaftlich seinen Kopf gefordert habe.

»Wissen Sie«, sagte Talleyrand, der dem Gespräch beiwohnte, »Madame de Staël hat ein unerhörtes Vergnügen daran, Leute ins Wasser zu werfen, um dann des Vergnügens teilhaftig zu werden, sie wieder herauszuziehen.«

Bevor aus der Freundschaft mit Napoleon eine glühende Feindschaft wurde, fragte ihn Madame de Staël nach seiner Meinung über Frauen in der Politik.

Napoleon war offen: Frauen sollten Strümpfe stricken und Kinder gebären. Er liebe es nicht, wenn Frauen in die Politik hineinredeten. Er verstehe nicht, was sie dazu bewege.

»Sire«, sagte Madame de Staël, »in einem Land, wo man den Frauen die Köpfe abgeschlagen hat, ist es schließlich kein Wunder, wenn sie fragen, warum.«

Nach dem Bruch mit Napoleon schilderte Madame de Staël mit Genuss den Despotismus Napoleons. »Als er Mademoiselle Mézerai kommen ließ«, berichtete sie, »brauchte er wie Caesar nur drei Sätze: ›Setzen Sie sich! Ziehen Sie sich aus! Legen Sie sich hin.‹«

Auf ihren Reisen durch Deutschland lernte Madame de Staël fast alle berühmten Dichter und Philosophen kennen. Dieser Eindruck war so stark, dass sie anschließend einen Husarenoffizier heiratete.

In Berlin traf sie Fichte. Sie forderte ihn unverzüglich auf, ihr in fünfzehn Minuten sein berühmtes Ich-Ich zu erklären.

Fichte schluckte und begann. Bereits nach zehn Minuten unterbrach sie ihn.

»Mit Ihrem Ich verhält es sich also wie mit dem Baron Münchhausen«, sagte Madame de Staël. »Er kommt an einen Fluss, klammert sich mit der rechten Hand an seinen linken Arm und schwingt sich ans andere Ufer. Reizend.«

In späteren Jahren bemühte sich Madame de Staël, einen Mann für ihre Tochter Albertine zu finden. Der passende Kandidat war der junge Herzog Victor de Broiglie, Pair von Frankreich, verarmt, aber mit liberalen Neigungen und genügend Verstand.

Die beiden jungen Leute mochten sich auch, unterhielten sich aber nicht über Liebe, Leidenschaft und Glück, sondern über Ökonomie und Politik.

Nach den Maßstäben von Madame de Staël verlief die Angelegenheit zu lau. »Albertine ist zu vernünftig«, klagte sie, »ich werde sie zwingen müssen, ihn aus Liebe zu nehmen.«

Eine Freundin fragte Madame de Staël neugierig, ob sie in ihren Memoiren auch wirklich aufrichtig sei und ihre galanten Abenteuer gewissenhaft berichte.

»Ach«, erwiderte Madame de Staël, »ich gebe nur ein Brustbild.«

»Nichts hast du verstanden«, stöhnte Henriette auf und ließ jede weitere Hemmung fallen, »gar nichts hast du verstanden, gar nichts! Und da du offenbar immer noch nicht verstehst: Kannst du nicht aufhören zu erzählen und etwas anderes tun?«

»Ich verstehe dich wirklich nicht«, antwortete Robert verwundert. »Nimm Hegel! Wäre es wichtiger gewesen, wenn er gehandelt als gedacht hätte?«

Und er erzählte, geistreich wie er war, zehn Anekdoten über Hegel.

Georg Wilhelm Friedrich Hegel

Zu Tübingen, wo Hegel das Gymnasium besuchte, wusste er außer geistigen auch sinnliche Genüsse zu schätzen: Er fiel, wegen eines gewissen Mangels an Nüchternheit, mehrmals zu später Stunde auf.

Der Stubenälteste sorgte sich um ihn. Als Hegel wieder einmal bezecht in das Stift heimkehrte, sagte er verzweifelt und in bestem Schwäbisch: »O Hegel, du saufschst dir g'wiss noch dein ganz bissle Verstand vollends ab.«

Ein Freund aus diesen Tagen traf Hegel später wieder und tadelte, im Gegensatz zu damals drücke sich Hegel nun gerne umwegig aus.

»Kann ich dafür«, antwortete ihm dieser, »dass es die Geschichte, aufs Ganze gesehen, gerne umwegig macht?«

Um das Wirken der Dialektik seinen Schülern verständlicher zu machen, benutzte Hegel den Begriff des Weltgeistes; diese wandten ein, der Begriff sei zu wesenlos, sie könnten sich nichts Rechtes darunter vorstellen. Eben zu dieser Zeit, nämlich 1806, machte Napoleon bei Jena innerhalb von knapp sechs Stunden aus der preußischen Armee Kleinholz. Hegel sah ihn nach dem Siege durch die Stadt reiten.

»Oh«, meinte er beeindruckt, »der Weltgeist zu Pferde.«

Als die Kunde von der Großen Französischen Revolution Tübingen erreichte, fand sie auch dort einen begeisterten Widerhall. Hegel hing ihr auf der Stelle an, beteiligte sich an der aufrührerischen Errichtung eines Freiheitsbaumes und galt bei seinen Studiengenossen als ein derber Republikaner.

Schuld daran war, unter anderem, seine Sprache. Sein Lieblingsausdruck aus dieser Zeit lautete kurz und knapp: »Kopf ab!«

Die Französische Revolution stellte – anders als die Philosophen der Aufklärung vorhergesagt hatten – keine bessere, sondern nur eine bürgerliche Welt her; Hegel fand, deren Lehren seien dementsprechend neu zu bewerten.

Er tat das mit der Veränderung der Endsilbe. Fortan sagte er: »Aufkläricht«.

Ein Gegner von Hegel erklärte hingegen, die Philosophie benötige die Dialektik nicht, die Logik mit ihren einfachen Schlüssen genüge vollkommen, um das Wesen der Dinge zu erkennen.

»Ach«, fragte ihn Hegel, »schlussfolgern Sie aus dem Umstand, dass ein Esel und Sie Ohren haben, ein Esel zu sein?«

Eine Dame begab sich während einer Teestunde, an der Hegel teilnahm, auf das glatte Parkett einer erkenntniskritischen Erörterung. »Es gibt Tatsachen«, sagte sie zu Hegel, »die Ihrer Philosophie widersprechen.«

Dieser erwiderte mit Würde: »Um so schlimmer für die Tatsachen, Madame.«

Hegel besuchte Goethe in Weimar, und man plauderte über das Wesen der Dialektik, welches Hegel als den ausgebildeten und geregelten Widerspruchsgeist verstand, der sich in der Unterscheidung des Wahren vom Falschen groß erweise.

Goethe, dem einige Früchte der Hegelschen Philosophie nicht so recht munden wollten, ängstigte sich: die Dialektik könne missbraucht werden, um das Falsche wahr und das Wahre falsch zu machen.

»Desgleichen geschieht wohl«, gestand Hegel ein, »aber was ändert es am Sachverhalt?«

Ein Besucher aus England äußerte Hegel gegenüber, das Gebäude seiner Philosophie werde immer umfangreicher, ihr Gedankengang immer verwickelter und ihre Verständlichkeit immer geringer. Was eigentlich, auf einen kurzen Nenner gebracht, sein Hauptanliegen wäre.

»Der Seichtigkeit entgegenzuarbeiten«, erwiderte Hegel.

Auf dem Totenbett äußerte sich Hegel betrübt darüber, von all seinen vielen Schülern eigentlich kaum begriffen worden zu sein.

»Niemand hat mich wirklich verstanden«, sagte er, »außer Rosenkranz, und der verstand mich auch nicht.«

»Liebling, ich werde noch deutlicher«, sagte Henriette mit jener Sanftheit in der Stimme, die das Nahen eines Gewitters ankündigte. »Liebling«, sagte sie also, »beiß mich auf der Stelle ins Ohrläppchen!«

»Sofort«, erwiderte Robert, »aber aus einem mir gänzlich unverständlichen Grund grollst du, und Grollen erinnert mich an Beethoven.«

»Beiß mich ins Ohrläppchen«, flehte Henriette und stöhnte vor Qual auf, »komm doch; beiß endlich, von mir aus so fest, wie du kannst, aber beiß!«

Doch Robert biss nicht, sondern erzählte, geistreich wie er war, zehn Anekdoten über Beethoven.

Ludwig van Beethoven

Ludwig van Beethoven war 1792 nach Wien gekommen und ein Schüler Haydns geworden, fand aber in seiner schroffen Art, er habe bei dem berühmten Meister nichts gelernt. Als er 1795 drei seiner ersten Klaviertrios als Opus 1 erscheinen lassen wollte, wünschte Haydn, er solle sich auf dem Titelblatt als sein Schüler bezeichnen.

Beethoven war in Verlegenheit. Das erste Werk Haydn zu widmen erschien ihm ebenso unmöglich, wie dem Wunsch nicht zu entsprechen.

Endlich fand er einen Ausweg: Er widmete die drei Klaviertrios Haydn, bezeichnete sie aber als Opus 2.

Der Wiener Uhrmacher Jakob Degen hatte 1807 ein Fluggerät mit herzförmigen Flügeln aus Bambus verfertigt, mit dem es ihm gelang, sich bis an die Decke eines Zimmers zu erheben. Da die Kraft seiner Arme nicht ausreichte, hängte er später den Apparat an einen Ballon mit Wasserstoff, wodurch es ihm gelang, auch im Freien größere Strecken in der Luft zu bleiben.

Er wurde jedoch bei einem missglückten Versuch in Paris von der enttäuschten Menge fast erschlagen.

»So geht es einem«, sagte Beethoven, der sich ungemein für die neue Erfindung begeisterte, »wenn man sich über die Masse erheben will.«

Begeistert vom Siegeszug der republikanischen Ideen Frankreichs, schrieb Beethoven 1798 eine Symphonie auf Napoleon, den er als ihren großen Vollstrecker in Europa ansah – die Eroica. Er beendete sie fünf Jahre später und gab ihr den Titel »Buonaparte«, genau zu der Zeit, als sich Napoleon gerade vom Republikaner zum Kaiser wandelte.

Beethoven tobte, als er die Nachricht erfuhr, zerriss das Titelblatt der Partitur und schrieb auf ein neues: »Heroische Symphonie, komponiert, um das Andenken eines großen Mannes zu ehren.«

Beethovens Bruder war von Beruf Apotheker, brachte es zu einem bescheidenen Vermögen und kaufte sich ein kleines Gut, auf das er sehr stolz war. Er ließ sich Visitenkarten drucken, auf denen in großen Buchstaben das Wort »Gutsbesitzer« prangte.

Eines Tages schickte er eine solche Karte mit einer schriftlichen Mitteilung an seinen Bruder. Dieser antwortete sofort auf einer seiner Besuchskarten.

Um der gehobenen Stellung seines Bruders gleichkommen zu können, versah er sie ebenfalls mit einer Aufschrift: »Hirnbesitzer«.

Aus der Ablehnung der italienischen Musik seiner Zeit wurde Beethoven ein Anhänger der Bestrebungen, die musikalischen Benennungen zu verdeutschen.

Aus Klavier wurde – Hammerklangwerk, aus Komponist – Obertonmeister, aus Symphonie – Zusammenklangwerk, aus musikalisch – tonkünstlich und aus Arie – Lustgesang.

»Ich bezweifle allerdings«, meinte Beethoven zu einem Freund, »ob sich Schmettermessing für Trompete wirklich bis ins dritte Glied unserer Nachkommenschaft erhalten wird.«

Nachdem sich im Jahre 1813 Napoleons Schlachtenglück dem Ende zuneigte, dachte Beethoven daran, eine große militärische Symphonie zu schreiben, diesmal den Österreichern zu Ehren.

Um Eindrücke zu erhalten, sah er sich die Manöver bei Sollenau an, begab sich in die Nähe des Gefechtsfeldes, verirrte sich und kam erst spät am Abend nach der Wiener Neustadt zurück. Ein Gendarm verlangte seinen Pass, Beethoven verstand ihn wegen seiner Taubheit nicht und wurde als Vagabund in eine Dunkelzelle gesperrt.

Später fragten ihn seine Freunde, wann er die militärische Symphonie schreibe.

»Überhaupt nicht«, sagte Beethoven, »der Glanz des Militärs verblasst doch stark, wenn man hungrig und durstig im Gefängnis sitzt.«

Während eines Essens rühmte man einen Komponisten, der die mangelnde Qualität seiner Kompositionen durch Quantität zu ersetzen suchte; er sei fleißig und arbeite nicht nur am Tag, sondern auch noch nachts.

»Er ist eben ein guter Mensch«, bemerkte Beethoven sinnend, »er stiehlt sich den Schlaf, um ihn anderen zu schenken.«

Bei einem Spaziergang durch die Wiesen und Felder von Gneixendorf komponierte Beethoven wie gewöhnlich im Gehen. Er schrie eine Melodie, die ihm gerade eingefallen war, und schlug mit Händen und Füßen den Takt dazu.

Als er einem Bauern mit zwei pflügenden Ochsen begegnete, erschraken letztere vor dem schreienden und wild gestikulierenden Mann im Bratenrock und rissen erschreckt aus, der wütende Bauer hinterdrein.

Abends machte ihm sein Bruder Vorhaltungen. »Was kann ich dafür«, sagte Beethoven, »dass die Ochsen vor mir grundsätzlich Reißaus nehmen?«

Die erste Aufführung seiner 9. und letzten Symphonie dirigierte Beethoven selber, seiner Taubheit wegen mit wohlwollender Unterstützung der Musiker. Nach den letzten Klängen brach unter den Zuhörern ein unbeschreiblicher Jubel aus; man schrie, winkte, stieg auf die Stühle und gebärdete sich wie rasend: während Beethoven, mit dem Gesicht zum Orchester, versunken stehen blieb.

Endlich fasste sich die Altistin der Aufführung ein Herz und drehte Beethoven dem Publikum zu. Einen Augenblick nur, und es begriff die Tragik dieses Vorgangs: Beethoven hatte weder die Musik noch die Ovationen gehört.

Im ersten Band eines französischen Musiker-Lexikons wurde von Beethoven behauptet, er sei der natürliche Sohn des Königs Friedrich Wilhelm II. von Preußen.

Der Text geriet sogar in ein deutsches Lexikon.

Man legte Beethoven nahe, diese Behauptung zu dementieren.

»Warum?«, fragte er. »Einmal haben Freunde von mir einer Dame, die eine Locke von mir haben wollte, die eines Ziegenbocks geschickt, die sie stolz als die meine herumzeigte. Das hat weder dem Ziegenbock noch mir geschadet.«

»Ich denke, es ist besser, du gehst jetzt«, sagte Henriette, und ihre Stimme klang ganz so, wie Stahl klingt, wenn man ihn gegen anderen Stahl schlägt.

»Gehen«, antwortete ihr Robert, »wo es doch so gemütlich hier ist und ich gerade bei den Musikern bin? Nein, ich weiß etwas Besseres: Du machst uns Schnitten – ich verspüre nämlich Hunger –, und während du Schnitten machst, bereichere ich dein sicherlich schütteres Wissen über Rossini.«

Und er erzählte, geistreich wie er war, zehn Anekdoten über Rossini.

Gioacchino Rossini

Gioacchino Rossini war bereits einer der berühmtesten Opernkomponisten seiner Zeit, als in Rom »Der Barbier von Sevilla« uraufgeführt wurde. Trotzdem machte er die Erfahrung, dass auf die Gunst des Publikums kein Verlass ist: Es pfiff ihn aus.

In Passy, wo Rossini später lebte, lag seine Wohnung in der Nähe eines Bahnhofs. Alexandre Dumas, der ihn dort besuchte, hörte von Zeit zu Zeit die vorbeifahrenden Züge pfeifen. Ob ihn das Pfeifen nicht störe, fragte er verwundert.

»Mein Lieber«, antwortete Rossini, »wenn man gehört hat, wie die Leute bei der Premiere des ›Barbiers von Sevilla‹ gepfiffen haben, stört einen das Pfeifen der Züge überhaupt nicht.«

Rossini und Meyerbeer, der eine Zeit lang die Pariser Oper beherrschte, konnten sich nicht leiden, obwohl sie Wert darauf legten, ungemein freundlich miteinander zu verkehren.

Um Rossini zu ärgern, entsandte Meyerbeer zu den Pariser Premieren des Rivalen jedes Mal zwei hochelegant gekleidete Herren, die im ersten Rang die besten Plätze einzunehmen und nach zehn Minuten einzuschlafen hatten. Erst nach Schluss der Vorstellung durften sie wieder aufwachen. Das Publikum nannte sie »les sommeilleurs de Meyerbeer«.

Als Rossinis Oper »Semiramis« in Paris gegeben wurde, erhielt Meyerbeer ein Schreiben von Rossini, dem zwei Karten beilagen. »Bereiten Sie mir die Freude«, lautete der Text, »die beiden Karten zu benützen. Die Loge ist von allen Seiten des Hauses einsehbar, die Fauteuils sind bequem. Kurz vor Ende der Vorstellung werde ich Sie wecken.«

Die Musik Wagners war Rossini ein Gräuel. Seine Freunde waren deshalb überrascht, als sie ihn am Klavier mit der Partitur des »Tannhäuser« fanden. Allerdings brachte er Töne hervor, die so abscheulich waren, dass seine Freunde verwundert fragten, ob Wagner das wirklich geschrieben habe.

Bevor Rossini antworten konnte, entdeckte einer der Anwesenden, dass Rossini die Partitur verkehrt herum aufgelegt hatte.

Rossini verteidigte sich: »Ich habe es nur einmal von der anderen Seite her versucht, aber die Musik wird darum nicht besser.«

Zur damaligen Zeit herrschte noch die schöne Sitte, dass junge Künstler die berühmten Meister um Rat fragten. Ein Komponist, der eine Oper mit dem Titel »Die Wüste« geschrieben hatte, fragte Rossini, was er von seinem Werk halte.

»Der Titel stimmt nicht«, antwortete Rossini. »Ihre Oper ist keine Wüste, sondern ein belebter Boulevard. Auf Schritt und Tritt trifft man Bekannte.«

Der König von Portugal spielte Cello. Eines Tages erbat er Rossinis Urteil über sein Spiel.

»Für einen König ist es gar nicht übel«, meinte der Komponist. »Um so mehr, als Könige über das, was sie tun, keine Rechenschaft abzulegen haben.«

Vierzig Jahre vor seinem Tod gab Rossini das Komponieren auf, um sich hinfort nur noch der Kochkunst zu widmen.

Ob ihm nicht manchmal die Tränen kämen, wenn er von den Erfolgen anderer Komponisten höre, wollte ein Besucher wissen.

»Ich habe nur dreimal in meinem Leben geweint«, erwiderte Rossini. »Das erste Mal, als der ›Barbier von Sevilla‹ ausgepfiffen wurde, das zweite Mal, als ich den Komponisten Carafa eine Arie singen hörte, und das dritte Mal, als mir bei einer Bootsfahrt über den Comer See ein getrüffelter Truthahn ins Wasser fiel.«

In einem Pariser Restaurant bestellte Rossini Hummer. Der Kellner zeigte ihm, wie es die Sitte verlangt, vorher den Hummer lebend.

Rossini wies darauf hin, dass dem Tier eine Schere fehle. Es habe sie im Kampf mit einem Rivalen verloren, entschuldigte sich der Kellner.

Rossini nickte verständnisvoll und sagte: »Dann bringen Sie mir den Sieger.«

Auch als Rossini das Komponieren längst aufgegeben hatte, wurde er in musikalischen Dingen immer wieder um Rat gefragt. In Bologna marterte ihn eine Gräfin, ihre Tochter sei so begabt für Klavier und Gesang, er möge sie sich doch einmal anhören.

Aus Höflichkeit erklärte Rossini sich bereit. Hinterher fragte ihn die Gräfin, ob man aus ihr nun eine Pianistin oder eine Sängerin machen solle.

»Machen wir doch eine gute Mutter aus ihr«, erwiderte Rossini, »das ist auch ein schöner Beruf.«

Eine geizige Dame, die es liebte, ihren Salon mit angesehenen Künstlern zu schmücken, war berüchtigt für ihre kleinen Portionen. Auch Rossini, der von ihr eingeladen worden war, hatte nach dem Diner erst richtig Hunger.

Als er sich verabschiedete, flötete die Dame des Hauses, sie hoffe, dass der Maestro recht bald wieder bei ihr speisen werde.

»Wenn es Ihnen recht ist, sofort«, erwiderte Rossini.

Der Baron Rothschild, der Rossini wohlgesinnt war, schickte ihm einst einen Korb mit den besten Trauben seines Weingutes.

Rossini nahm das Geschenk dankbar an, schrieb aber an Rothschild: »Vielen Dank, mein lieber Baron. Ihre Trauben sind vorzüglich. Aber ich genieße den Wein eigentlich nie in Pillenform.«

Worauf er prompt eine Kiste mit den berühmten Weinen des Bankiers bekam.

In Henriette bäumte sich alles auf. War sie nicht deutlich genug gewesen? Hatte sie sich nicht klar genug ausgedrückt? Verstand dieser Mann nicht, dass er sie maßlos enttäuschte? »Ich sagte, du solltest gehen, und ich meine es immer noch«, sagte sie deshalb, wobei sie versuchte, ihrer Stimme wieder den stählernen Klang zu geben, den sie vorher gehabt hatte, was ihr aber, aus einem Grund, den sie selber noch nicht verstand, nicht mehr so recht gelang. Und um es an Deutlichkeit, Klarheit und Entschiedenheit nicht fehlen zu lassen, fügte sie hinzu: »Ich habe keine Lust, uns Schnitten zu machen, und ich habe keine Lust, weiter Geschichten von Rossini anzuhören, verstehst du das?«

»Sicher, mein Liebling«, antwortete ihr Robert, »was die Schnitten betrifft, so kann ich natürlich darauf verzichten, was aber Rossini betrifft, so wollte ich sowieso gerade auf Heine kommen.«

Und er erzählte, geistreich wie er war, zehn Anekdoten über Heine.

Heinrich Heine

Bis zu seinem Tode war Heinrich Heine auf die finanzielle Unterstützung seines Onkels Salomon Heine angewiesen, der zwar Bankier und reich war, aber für Dichter und Dichtkunst nichts übrig hatte.

Bei einem Besuch in jungen Jahren entdeckte Heine ein Album, in das die Freunde des Hauses Sprüche schrieben. Auch Heine benutzte die Gelegenheit und schrieb hinein: »Lieber Onkel, leih mir hunderttausend Taler und erinnere Dich nie mehr Deines Dir zärtlich ergebenen Neffen.«

Auf einer Gesellschaft rätselte man über die Frage, warum die Fürsten der deutschen Kleinstaaten, die nach dem Ende Napoleons wieder regierten, alle so alt würden. Niemand wusste eine befriedigende Antwort.

Nur Heine bemerkte: »Sie haben Angst zu sterben, weil sie fürchten, in der anderen Welt den Napoleon wiederzufinden.«

Obwohl Heine den großen Religionen als Freigeist skeptisch gegenüberstand, rühmte er die christliche Weihnachtsgeschichte. Er fand, sie sei ein ausgezeichnetes Sinnbild.

»Neben jeder Krippe«, meinte er, »worin ein Heiland oder eine welterlösende Idee das Licht erblickt, steht stets ein Ochse, der ruhig frisst.«

Warum er so lange kein neues Buch herausgebracht habe, wurde Heine gefragt; andere Schriftsteller schrieben ihre Bücher doch oft in einigen Wochen.

»Ein Buch will seine Zeit wie ein Kind«, antwortete Heine. »Eine honette Frau bringt ihr Kind auch nicht vor dem neunten Monat auf die Welt.«

In Paris erhielt Heine eine Pension der französischen Regierung. Als er sie mit einem Freund abholte, fragte dieser verwundert, ob er nicht soeben den französischen Minister Guizot in der »Allgemeinen Zeitung« angegriffen habe.

»Natürlich«, erwiderte Heine, »man würde mich ja sonst für bestechlich halten.«

Nachdem Heine nach jahrelangem Exil eine Reise durch Deutschland gemacht hatte, fragte man ihn, wie ihm die Junker in Hannover gefallen hätten.

»Sie sind wirklich ein sonderbarer Fall«, erwiderte Heine, »es sind alles Esel, die nur von Pferden sprechen.«

Die Hinrichtungen, die während der Französischen Revolution auf dem Grève-Platz stattgefunden hatten, galten noch Jahrzehnte später als ungeheurer Gräuel. Die Tatsache, dass Tausende Bürger jeder Exekution beigewohnt hatten, wurde als besonders barbarisch empfunden.

Heine verteidigte die öffentlichen Hinrichtungen jedoch im Interesse der Volksaufklärung. »Jeder konnte hier sehen«, so sagte er, »dass adeliges Blut nicht schöner als bürgerliches war.«

Die letzten Jahre seines Lebens verbrachte Heine in äußerster Armut und schwerkrank in Paris. Er nannte seine Dachkammer eine Matratzengruft.

Ob seine Frau und er wenigstens genug zu essen hätten, wollte ein Besucher wissen.

»Oh, ja!«, antwortete Heine. »Wir haben manchmal sogar Geflügel, aber nur dann, wenn uns eine Fliege in die Suppe fällt.«

Da Heine die deutschen Ideale nicht so ehrte, wie es sich gebührte, sondern sie auch noch verspottete, hatte er eine beachtliche Anzahl erbitterter Feinde.

»Dabei habe ich die friedlichste Gesinnung«, schrieb er. »Meine Wünsche sind die aller bescheidensten: eine Hütte, Strohdach, aber gutes Bett, gutes Essen, Milch und Butter, sehr frisch, vor dem Fenster Blumen, vor der Türe einige schöne Bäume, und wenn der liebe Gott mich ganz glücklich machen will, lässt er mich die Freude erleben, dass an diesen Bäumen etwa sechs bis sieben meiner Feinde aufgehängt werden. Mit gerührtem Herzen werde ich ihnen vor ihrem Tode alle Unbill verzeihen, die sie mir im Leben zugefügt – ja, man muss seinen Feinden immer verzeihen, aber nicht früher, als sie gehängt werden.«

Auf dem Sterbebett wurde Heine gefragt, ob er bei seinem Lebenswandel, seiner Freigeisterei und Spottsucht nicht Angst habe, vor Gottes Angesicht zu erscheinen.

»Gott wird mir das schon vergeben«, sagte Heine, »das ist sein Geschäft.«

Henriette wusste plötzlich genau, dass sie eine Schlacht verloren hatte, dass sie von Robert besiegt worden war, wenn auch in einer sehr anderen Weise besiegt, als sie es sich vorgestellt hatte. Da sie aber unfähig war gegen ihre Erkenntnis zu handeln, traf sie die nötigen Schlussfolgerungen, zog sich in die kleine Küche zurück und fragte: »Möchtest du Schinkenbrot, oder möchtest du lieber Käsebrot?«

»Ein Schinkenbrot!«, rief Robert entzückt, der Schinkenbrot über alles liebte. »Und da du so lieb bist und doch Schnitten machst, komme ich schnell auf Balzac.«

Und er erzählte, geistreich wie er war, zehn Anekdoten über Balzac.

Honoré de Balzac

Mit ein paar hundert anderen Schriftstellern teilte Honoré de Balzac das Schicksal, die Eroberung der Welt von einer Dachstube aus beginnen zu müssen. Er träumte also von Schlössern, kostbaren Möbeln und verschwenderischen Gastmählern.

Um wenigstens die Illusion des künftigen Luxus zu haben, ließ er die Wände der Dachkammer weiß tünchen. Darauf zeichnete er Quadrate und Rechtecke, in die er mit Holzkohle schrieb: »Kommode aus Rosenholz mit Elfenbeinintarsien«, »Gobelin«, »Gemälde von Rembrandt« oder »Statue von Cellini«.

An der Wand, vor der er seine Mahlzeiten zu sechs Sous einnahm, stand in einem großen Kreis: »Souper aus acht Gängen – mit der Herzogin von X.«

Bevor er es sich eigentlich leisten konnte, gab Balzac seine Dachstube aus Geschäftsgründen auf.

»Ich hatte ein Manuskript an einen Verleger geschickt«, erklärte er. »Dieser wollte mir 3000 Francs dafür zahlen und suchte mich auf. Unterwegs dachte er: ›Schlechtes Viertel; ich zahle ihm 2000 Francs.‹ Da er das Haus nicht finden konnte, beschloss er, auf 1000 Francs zu gehen, und als er endlich im sechsten Stock angelangt war, sagte er zu mir: ›Monsieur Balzac, Ihr Roman ist ganz ausgezeichnet. Hier – ich zahle Ihnen auf der Stelle 300 Francs.‹ «

Beim Studium der Lebensgeschichte Voltaires bemerkte Balzac, dass dieser sein Geld nicht mit Schreiben, sondern mit Geschäften und Spekulationen verdient hatte.

Er beschloss, ihm zu folgen, und gab die Werke Molières und La Fontaines in einbändigen Gesamtausgaben heraus. Er setzte 20 Exemplare ab. Um seine Schulden zu bezahlen, gründete er eine Druckerei, mit der er deren Höhe auf 30 000 Francs trieb. Um diese Schulden zu bezahlen, kaufte er eine Schriftgießerei, die in kürzester Zeit ebenfalls Bankrott machte. Danach erschienen ihm nur noch die Geschäfte der Pariser Großfinanz lukrativ.

Freunde fragten ihn, wie die Geschäfte gingen.

»Gut«, sagte Balzac, »ich bin jetzt 100 000 Francs Schulden reich.«

Mit Hilfe seiner Schulden gelang es Balzac endlich, sich einen großen Haushalt, den nötigen Luxus und Dienstpersonal anzuschaffen. Letzteres unterrichtete er von Zeit zu Zeit in den Tugenden dieses Berufsstandes. Er solle sich merken, sagte er zu seinem Diener Jean, dass man seinen Nächsten nie belügen dürfe, da Lügen das hässlichste aller Laster sei.

Warum er dann immer, wenn der Gerichtsvollzieher vorspreche, sagen müsse, Monsieur sei nicht zu Hause, wollte dieser wissen.

Balzac erläuterte würdevoll: »Gerichtsvollzieher gehören nicht zu unseren Nächsten.«

In einem Lokal, in dem Schriftsteller und Journalisten verkehrten, kam es zwischen Balzac und einem Kollegen zu einem erbitterten Streit. Man wurde heftig, griff auf Vergleiche aus dem Tierreich zurück und erörterte dann die Untugenden der Vorfahren. Die Runde beschloss, die Beleidigungen seien nur noch durch ein Duell aus der Welt zu schaffen.

Man brachte Würfel. Balzac verlor und musste in ein Nebenzimmer gehen, um sich dort zu erschießen.

Nach einer Weile ertönte ein Schuss. Erschüttert blieben alle auf ihren Plätzen.

Plötzlich ging die Tür auf. Balzac erschien lächelnd und hob bedauernd die Arme: »Vorbeigeschossen!«

Bei einem Spaziergang über die Boulevards begegnete Balzac hintereinander Heine und dann Rothschild.

Beim Essen fragte man ihn, ob er jemand von Wichtigkeit getroffen habe.

»Ja«, sagte Balzac, »den ganzen Geist und das ganze Geld der Juden.«

In der Mitte des 19. Jahrhunderts traten die ersten Verfechter einer Kunstrichtung auf, die erklärten, Literatur dürfe nur aus nachprüfbaren Tatsachen gestaltet werden.

»Das ist das sicherste Zeichen geistiger Unfruchtbarkeit«, widersprach Balzac. »Molières Komödien beweisen, dass die Kunst darin besteht, aus feiner Nadelspitze einen Palast zu bauen.«

Eines Nachmittags ließ Balzac Gautier, Dumas und zwei andere Kollegen bitten, sich am Abend bei ihm einzufinden. Alle kamen pünktlich, und Balzac erklärte ihnen, er müsse am nächsten Morgen einem Theaterdirektor ein Drama vorlesen, habe aber noch keine Zeile fertig. Das Drama solle aus fünf Akten bestehen, Papier und Tinte seien da, er schlage vor, dass jeder sich in ein Zimmer begebe und einen Akt schreibe.

Was in dem Drama geschehen solle, fragte Dumas.

»Was in einem Drama schon geschieht«, antwortete Balzac, »Liebe, Leidenschaft und Tod. Wenn ich euch auch noch die Handlung erzählen soll, werden wir nie damit fertig.«

»Jeder Mensch reagiert anders«, sagte Balzac. »Bayle bekam Krämpfe, wenn er Wasser springen hörte. Scaliger erbleichte, wenn er Kresse sah. Erasmus von Rotterdam fieberte, sobald er Fisch roch. Tycho de Brahe wurde ohnmächtig beim Anblick eines Fuchses, der Herzog von Epernon, wenn er einen Hasen sah, Heinrich III. beim Anblick einer Katze, der Marschall Albert beim Anblick eines Frischlings. Dem Chevalier von Guise, Maria von Medici und anderen Persönlichkeiten wurde schlecht beim Anblick irgendeiner Rose, mochte sie auch nur gemalt sein. Bacon verlor jedes Mal die Besinnung in dem Augenblick, in dem eine Mondfinsternis begann, gleichviel, ob er davon wusste oder nicht. Ich dagegen«, fügte Balzac hinzu, »werde stets ohnmächtig, wenn ich mir ausrechne, was fünfzig Romane mir und meinem Verleger eingebracht haben.«

Auf einer Soiree klagte Balzac über den Beruf des Schriftstellers. Man schreibe, schreibe und wisse doch nicht wofür.

Aber der Ruhm sei doch auch etwas Schönes, meinte die Gastgeberin.

»In Russland«, erwiderte Balzac, »meldete ein Diener meine Ankunft. Die Dame des Hauses hatte ein Tablett mit acht Tassen in den Händen. Sie ließ es fallen, als sie meinen Namen hörte. Da können Sie sehen, was der Ruhm ist: acht zerbrochene Tassen.«

Von Marlborough weiß man, dass er jede Schlacht gewann und jeden Krieg verlor, von der römischen Republik aber, dass sie viele Schlachten verlor, jedoch jeden Krieg gewann. Niederlagen nämlich können sehr viel fruchtbarer wirken als immer nur Siege. Wer wüsste es nicht!

Henriette wusste es nicht, aber sie verhielt sich ganz so, als ob sie es gewusst hätte. Während Robert Schinkenbrot aß und Geschichten erzählte, sann sie über die Schmach ihrer Niederlage nach und darüber, ob dieser Krieg noch zu gewinnen war.

Dieses Sinnen fiel sogar Robert auf. »Denkst du an etwas Bestimmtes?«, wollte er deshalb von Henriette wissen.

»Nein«, antwortete diese ausweichend und wahrheitswidrig, »wahrscheinlich bin ich nur ein wenig müde.«

»Schinkenbrot machen ist auch eine langweilige Tätigkeit«, antwortete Robert verständnisvoll. »Weißt du was – ich heitere dich schnell wieder auf.«

Und er erzählte, geistreich wie er war, zehn Anekdoten über Dumas père.

Alexandre Dumas père

Schon als unbekannter Literat hatte Dumas mehrere Geliebte. Ihre Zahl nahm beachtlich zu, nachdem er ein erfolgreicher Bühnenautor geworden war.

Eine der Damen, die sein Herz regierten, war mit einem Hauptmann verheiratet, der seine baldige Ankunft in Paris ankündigte. Verzweifelt bat sie Dumas um Hilfe.

»Ich werde sofort an den Kriegsminister schreiben«, sagte Dumas, »man muss sehen, dass er zum Major ernannt wird, es gibt leider keinen anderen Ausweg.«

Alexandre Dumas war nach dem Tode seines Vaters, eines französischen Generals, nach Paris gekommen, um Schriftsteller zu werden.

Er schrieb zwei Stücke, die beide von der Comédie Française angenommen wurden. Das zweite, »Heinrich III. und sein Hof«, wurde sogar aufgeführt.

Vor der Premiere geriet Dumas in Verlegenheit. Über den Erfolg eines Stückes entschied nicht nur dessen Qualität, sondern auch die Stärke der Claque, die der Autor zu engagieren hatte.

Da ihm dazu das Geld fehlte, bat er den Herzog von Orléans, in dessen Sekretariat er arbeitete, die Vorstellung zu besuchen. Dieser verwies bedauernd auf ein Essen, das er mit dreißig Prinzen, Prinzessinnen und ihrem Gefolge am gleichen Abend hatte. Dumas bot an, die Vorstellung früher beginnen zu lassen, und der Herzog von Orléans, der sich einen Scherz machen wollte, sagte das Erscheinen seiner ganzen Gesellschaft zu und mietete die Galerie des Theaters.

Die Premiere war ein Triumph. Die Zuschauer, einschließlich der hohen Gäste, tobten vor Begeisterung.

Der Ruhm des jungen Autors war begründet. Allerdings weniger des Stückes wegen, sondern weil er in dem Ruf stand, sich die teuerste Claque leisten zu können, die es in Paris gab.

Im Jahr 1830 bildeten die drei Romantiker Hugo, Vigny und Dumas ein dramatisches Triumvirat.

Selbstverständlich war es nicht von Dauer. Der Kritiker Sainte-Beuve hob besonders Vignys Verdienste um das historische Drama hervor, was Hugo, der sich darauf viel einbildete, verdross.

Empört sagte er zu Dumas: »Willst du es glauben, dieser Journalist behauptet, Vigny habe das historische Drama erfunden!«

»So ein Idiot!«, erwiderte Dumas. »Jedes Kind weiß doch, dass ich es war.«

Der Direktor des Théâtre des Variétes hatte Dumas eine Extrazahlung von tausend Franken versprochen, falls die ersten fünfundzwanzig Vorstellungen seines Stückes »Kean« 60 000 Franken einbrächten.

Am Abend der fünfundzwanzigsten Vorstellung erschien Dumas und verlangte seine Extrazahlung.

»Sie haben Pech«, sagte der Direktor, der gerade Kasse machte, »wir kommen auf 59 997 Franken.«

Dumas lieh sich daraufhin von ihm zwanzig Franken, lief zur Theaterkasse und kaufte sich ein Billett zu fünf Franken für ein »Fauteuil«.

»Jetzt kommen Sie auf 60 002 Franken«, sagte er, als er zurückkehrte, und erhielt sein Extrahonorar.

Hugo war in die Académie gewählt worden, und Dumas, der inzwischen mit dem Fortsetzungsroman »Die drei Musketiere« einen ungeheuren Erfolg hatte, wollte ebenfalls in die Académie aufgenommen werden.

Er veranlasste seine Freunde, für ihn zu werben, ließ entsprechende Artikel schreiben und setzte halb Paris in Bewegung. Aber es gelang ihm nie, in der Académie einen Platz zu erhalten.

Da es Balzac ebenso erging, sagte Dumas, ihr Unglück sei, jedes Jahr fünfzehn bis achtzehn Bände zu schreiben und auch noch Erfolg zu haben. Würde man ein kleines und mittelmäßiges Buch schreiben, das niemand lese, so bestehe Hoffnung auf Aufnahme. »In der Académie ist die Parole die gleiche wie im Jardin des Tuileries: Man lässt niemanden passieren, der zu große Plakate trägt.«

Die Fortsetzungsromane in den Zeitungen brachten Dumas viel Geld. Er ließ sich ein Schloss bauen, bewirtete jeden, der ihn besuchte, unterhielt mehrere Geliebte und Haushalte und bewahrte sein Geld in Schubfächern auf, aus denen sich seine Freunde selbst leihen konnten, was sie brauchten. Obwohl er faktisch Tag und Nacht schrieb, waren der Bankrott und die Gerichtsvollzieher seine ständigen Begleiter. Er musste sein Schloss verkaufen, den Offenbarungseid leisten und schrieb jahrelang nur, um seine Schulden zu bezahlen.

Ein Gerichtsvollzieher, mit dem er öfter zu tun hatte, war in dürftigen Verhältnissen gestorben, und seine Freunde baten Dumas um zwanzig Franken für ein anständiges Begräbnis.

»Hier sind vierzig Franken«, antwortete Dumas. »Begrabt zwei.«

Im Laufe der Zeit hatte Dumas eine große Fertigkeit entwickelt, seine Gläubiger unbezahlt wegzuschicken.

Ein Stiefelmacher, dem er zweihundertfünfzig Franken schuldete, machte eine Reise nach Saint-Germain, wo Dumas wohnte, um zu seinem Geld zu kommen.

Dumas empfing ihn liebevoll. »Ah, mein guter Freund«, begrüßte er ihn, »du kommst mir wie gerufen: Ich brauche gerade ein Paar Lackschuhe und ein Paar Jägerstiefel.«

Er habe noch eine Rechnung für ihn, erwiderte der Stiefelmacher. Man werde das am Nachmittag erledigen, entgegnete Dumas, jetzt müsse er zuerst mit ihm essen.

Nach einem ausgiebigen Mahl kam der Stiefelmacher wieder auf die unbezahlte Rechnung zu sprechen.

»Es ist jetzt nicht der richtige Augenblick, um von Geschäften zusprechen«, wies ihn Dumas sanft ab, »zuerst kommt die Verdauung ... Ich habe anspannen lassen, um dich zur Bahn zu bringen. Da hast du zwanzig Franken für die Reise.«

Diese Szene wiederholte sich jede Woche. Nach einiger Zeit hatte der Stiefelmacher sechshundert Franken eingeheimst und dreißigmal auf Kosten Dumas' gespeist.

Da die Zeitungen, für die er seine Fortsetzungsromane schrieb, Zeilenhonorare zahlten, erfand Dumas Personen, die grundsätzlich nur mit einem Wort antworteten. Dieser Kunstgriff hatte den Vorzug, die Lektüre leicht zu machen und das Autorenhonorar zu verzehnfachen.

Damit war es zu Ende, als die Zeitungen beschlossen, Zeilen, die kürzer waren als eine halbe Spalte, künftig nicht mehr zu zählen.

Am Tage, als dies beschlossen worden war, weilte der Herausgeber des »Figaro« gerade bei Dumas. Er sah ihn sein Manuskript überfliegen und ganze Seiten ausstreichen. Was Dumas da mache, fragte der Herausgeber.

»Was ich mache?«, entgegnete Dumas. »Ich habe den Diener Grimaud umgebracht. Ich hatte ihn eigens für die kurzen Zeilen erfunden. Jetzt brauche ich ihn nicht mehr.«

Bei der Premiere des Stückes »Demi-monde« von Alexandre Dumas dem Jüngeren war auch sein Vater zugegen. Er zeigte sich über den großen Applaus so erfreut, dass ihn ein Besucher nach Schluss der Vorstellung fragte, ob er wohl zu dem Erfolg seines Sohnes beigetragen habe.

»Beigetragen?«, fragte Dumas zurück, der für seine Mitarbeit an Stücken anderer Autoren bekannt war. »Mein Lieber, der Erfolg ist ausschließlich mir zu verdanken!«

»Ist denn das Stück von Ihnen?«, wollte der Besucher wissen.

»Nein«, sagte Dumas, »aber der Autor.«

Völlig verarmt, aber unaufhörlich weiterschreibend, erlebte Dumas in Südafrika den Ausbruch des Deutsch-Französischen Krieges. Bereits schwer krank, warf ihn die Nachricht vollends nieder. Halb gelähmt nach einem Schlaganfall, schleppte er sich nach Puys, dem Aufenthaltsort seines Sohnes.

Auf einem Tisch neben seinem Krankenbett lagen zwei Goldstücke, alles, was ihm von den Millionen, die er sich zusammengeschrieben hatte, geblieben war.

Kurz vor seinem Tod nahm er sie in die Hand, betrachtete sie lange und sagte zu seinem Sohn: »Alle Welt hat gesagt, ich sei ein Verschwender gewesen. Du selbst hast ein Stück darüber geschrieben. Siehst du nun, wie man sich irren kann? Als ich nach Paris kam, hatte ich zwei Louisdors in der Tasche. Schau – ich habe sie immer noch.«

Henriette begriff: Die eigentliche Frage lautete nicht, ob sie den Krieg noch gewinnen könne, sondern ob sie ihn noch gewinnen wolle. Sicher: Ein Erfolg würde niemals mehr sein, was es hätte sein können, wenn es kein Erfolg wäre; aber der Stolz einer Frau will auch nicht ungestraft verletzt sein. Henriette gelüstete es nach Rache.

Als ihre Gedanken diesen Punkt erreicht hatten, lächelte sie vor sich hin und genoss, wie alle Leute, die auf Strafexpeditionen sinnen, diese im Voraus. Und so lächelte sie auf eine Weise vor sich hin, wie sie den ganzen Abend noch nicht gelächelt hatte.

»Ganz zauberhaft siehst du aus, wenn du so blickst«, sagte Robert bewundernd, »wie eine Märchenprinzessin. Dabei fällt mir übrigens Andersen ein.«

Und er erzählte, geistreich wie er war, zehn Anekdoten über Andersen.

Hans Christian Andersen

Der dänische Dichter Hans Christian Andersen fühlte sich im zarten Knabenalter zum Schauspieler berufen. Er fuhr nach Kopenhagen, suchte den Direktor des Königlichen Theaters auf und bat um ein Engagement.

Dieser betrachtete den vierzehnjährigen Jungen: Er war erbärmlich gekleidet, hochaufgeschossen, spindeldürr und hatte eine riesige Nase.

Das sei unmöglich, sagte er dann, für einen Schauspieler sei er einfach zu mager.

»Engagieren Sie mich nur und geben Sie mir hundert Reichstaler im Jahr«, sagte Andersen, »ich werde dann schon fett werden.«

Bei einem Gespräch trug Andersen dem romantischen Dichter Adam Oehlenschläger den Plan eines neuen Werkes vor. Es sollte weder episch, lyrisch noch dramatisch sein, sondern eine Mischung aus allem. Das tauge nichts, meinte Oehlenschläger. Jede Form müsse getrennt für sich stehen, wenn man eine durchschlagende Wirkung erzielen wolle.

»Ja«, sagte Andersen, »so kann man es auch machen: die Kugel für sich, den Schwefel für sich, den Salpeter für sich, bis jemand kommt und diese drei Dinge miteinander vermischt und das Schießpulver hat.«

Nach seinen ersten Erfolgen als Schriftsteller erhielt Andersen ein Stipendium für einen Rom-Aufenthalt. Er traf dort seinen dänischen Kollegen Henrik Hertz, der klein, dick, vierschrötig und berühmt war.

Bei einem Spaziergang kamen sie durch einen Orangenhain. Hertz versuchte einige Früchte zu pflücken, was ihm misslang, weil sie zu hoch hingen.

Andersen dagegen erreichte die Orangen spielend.

»Da siehst du es wieder«, sagte er zu Hertz, »ich bin doch der Größere und Erfolgreichere von uns beiden.«

Nach einem Besuch bei dem Philosophen Kierkegaard fragten Freunde Andersen, worüber sie sich unterhalten hätten.

»Über meine Schriftstellerei«, antwortete er. »Kierkegaard hat mir nachgewiesen, dass ich überhaupt keine Ahnung davon habe, was eigentlich ein Märchen ist.«

Andersen hatte eine entsetzliche Angst vor Hunden.

Selbst der kleinste Zwergpinscher versetzte ihn in panischen Schrecken.

In Dresden, wo Andersen seit einigen Jahren den Sommer bei einer befreundeten Familie verbrachte, sah er beim Eintreffen vor der Haustür einen kleinen Hund, der ihn grimmig ansah.

Er machte kehrt und reiste sofort nach Dänemark zurück.

Der Schriftsteller Johan Ludvig Heiberg, der Schöpfer des dänischen Vaudevilles, hatte Andersen in seinem Blatt ungewöhnlich heftig verrissen. Andersen suchte ihn auf, um die Gründe zu erfahren.

Heiberg war offen. »Sie sind ein wirklicher Dichter«, sagte er, »aber Sie sind so außerordentlich anders als ich.«

Auf einem Adelssitz, wo Andersen ständiger Urlaubsgast war, machten zwei Komtessen sich den Spaß, ihm allerlei Streiche zu spielen. Sie legten ihm Bürsten ins Bett, streuten Blumensamen in seine Waschschüssel und verbargen einen sprechenden Papagei im Kleiderschrank.

Andersen wollte Gleiches mit Gleichem vergelten, verkleidete sich als Gespenst und versteckte sich im Bett der beiden jungen Damen, um sie zu erschrecken.

Diese kamen auch zur üblichen Stunde, führten aber ein intimes Gespräch, erzählten sich Erlebnisse und begannen sich endlich zu entkleiden.

Als Andersen unter der Decke hörte, dass eine der Komtessen ein intimes Kleidungsstück ablegen wollte, sprang er schreckensbleich aus dem Bett, rief: »Halten Sie ein! Das dürfen Sie nicht! Ich bin hier!«, und lief in seiner Gespensterkleidung davon.

Ein unbekannter Bewunderer schickte Andersen eingemachte Früchte, von denen er wusste, dass Andersen sie besonders gern aß. Sie sahen prachtvoll aus, und Andersen wollte sie auf der Stelle probieren. Da fiel ihm ein, die Früchte könnten vielleicht vergiftet sein.

Um sie nicht einfach wegwerfen zu müssen, sann er auf Abhilfe, rief das Hausmädchen und schickte es mit einer Kostprobe zu einer befreundeten Familie – als Gabe für die Kinder. Am nächsten Tag erkundigte er sich, ob die Kinder die Früchte auch gegessen hätten.

Es war so, sie hatten ihnen wunderbar geschmeckt.

»Dann waren sie also nicht vergiftet«, sagte Andersen zu der entsetzten Mutter und ging nach Hause, um sich an dem Rest zu laben.

Schon immer hatte Andersen den englischen Romanschriftsteller Charles Dickens bewundert; er sah in ihm einen Bruder im Geiste. Bei seinem ersten Aufenthalt in London suchte er ihn deshalb sofort auf. Beide verstanden sich gut, obwohl die Konversation schwierig war. Andersen sprach ein Englisch, das hohe Anforderungen an den Zuhörer stellte.

Nach einer Weile sagte Dickens ermattet: »Sprich lieber dänisch, Hans Christian, das verstehe ich besser.«

Bei einer Mittagsgesellschaft würzte man das Mahl mit Gesprächen über Literatur. Der Gastgeber brachte die Rede auf Ibsens neuestes Stück. Man lobte es, rühmte seinen dramatischen Aufbau, die Führung der Personen, die Echtheit des Milieus und die Kraft der Sprache.

Andersen schwieg betont und blickte immer unfreundlicher. Seine Tischdame fragte ihn schließlich, was er von dem norwegischen Dramatiker halte.

»Sagen Sie«, knurrte Andersen, »haben, Sie schon einmal etwas von einem dänischen Dichter namens Hans Christian Andersen gehört?«

»Die Philosophen haben die Welt nur verschieden interpretiert, es kommt aber darauf an, sie zu verändern!«, sagte Henriette etwas rätselhaft, die diesen Satz vor einiger Zeit gelesen hatte und meinte, sie müsse nun zu Taten übergehen.

»Ein wunderbares Wort! Ich weiß, von wem es stammt, von dem Genie der Genies!«, sagte Robert begeistert.

Und er erzählte, geistreich wie er war, zehn Anekdoten über Marx.

Karl Marx

Der preußische König bereitete gerade das Verbot der »Leipziger Allgemeinen Zeitung« für Preußen vor und gedachte in einem Aufwaschen auch der »Hurenschwester am Rhein« den Garaus zu machen.

Die Redaktion der »Rheinischen Zeitung« sann deshalb auf Abhilfe und beschloss, dem zuständigen Regierungspräsidenten einen besonders ergebungsvollen Brief zu schreiben. Marx, der Chefredakteur, wurde mit seiner Abfassung betraut.

Dieser schrieb, die »Rheinische Zeitung« sei ein preußenfreundliches Blatt, bekämpfe die Feinde des Königs, huldige diesem und trage mit seiner Verbreitung norddeutscher Wissenschaft – gegenüber der französischen und süddeutschen Oberflächlichkeit – sozusagen zur geistigen Einigung der getrennten deutschen Stämme bei. Der Zeitung wurde umgehend der Verbotstermin mitgeteilt.

Vielleicht sei der Brief nicht ergebungsvoll genug gewesen, meinte man in der Redaktion. »Nein«, widersprach Marx. »Um zu finden, was wir schrieben, hat der Herr Regierungspräsident die Zeitung zweimal gelesen; danach musste er sie auf der Stelle verbieten.«

Nach der Heirat mit Jenny von Westphalen machte diese eine kleine Erbschaft. Das junge Paar ließ sich alles ausbezahlen, tat es in einen Kasten mit zwei Handgriffen an den Seiten und trug sein Vermögen so zwischen sich her.

In den Hotelzimmern, wo sie wohnten, stellten sie den Kasten später auf den Tisch, nahmen einfach, was sie brauchten, und ließen auch bedürftige Freunde selber hineingreifen.

Marx war meistens beschäftigt. Sein Interesse an ökonomischen Dingen war erwacht – er studierte die einfache Wirtschaftsform.

In Paris war Marx mit Heine befreundet. Dieser war ungemein empfindlich und konnte sich über irgendeine Verleumdung, die irgendein Schreiber in irgendeinem Winkelblatt über ihn hatte drucken lassen, bis zur Verzweiflung erregen. Weinend und trostsuchend kam er deshalb öfter zu Marx.

Dieser wusste ihm anfangs auch nicht zu helfen, bis er für Heine und sich den lindernden Balsam fand – er schickte ihn zu seiner Frau.

Marx und Engels erhielten 1874 von der Zentralbehörde des Bundes der Kommunisten den Auftrag zur Ausarbeitung des »Kommunistischen Manifestes«.

Da Marx zu dieser Zeit in Brüssel wohnte, Engels jedoch in Paris, gestaltete sich die Arbeit langwieriger. Man wurde nicht rechtzeitig fertig.

Aus London, wo man ungehalten war, traf ein Brief der Zentralbehörde an die Kreisbehörde Brüssel ein, den man Marx mit ernster Miene übermittelte. Er solle umgehend das

»Manifest« schicken, verlangte man, »anderenfalls würden weitere Maßnahmen gegen ihn ergriffen«.

Um die Zeit in Brüssel zu nutzen und das Proletariat theoretisch zu bilden, hielt Marx im dortigen Deutschen Arbeiterverein eine Vortragsreihe: Über Lohnarbeit und Kapital. Diese wurde später weltberühmt.

Anders urteilte darüber freilich der spätere Führer des Anarchismus, Michail Bakunin. Er weilte zur gleichen Zeit in Brüssel und hegte eine starke Abneigung dagegen, die reine Seele des Proletariats durch Theorie beflecken zu lassen.

»Was Marx hier treibt?«, beantwortete er die Frage eines russischen Freundes: »Er verdirbt die Arbeiter.«

Die Mutter von Marx war holländischer Herkunft, sprach schlecht Deutsch, kümmerte sich zeit ihres Lebens um die Dinge des Hauses und beobachtete im Übrigen den Weg, den ihr ältester Sohn ging, mit Sorge.

»Wenn er doch nur den rechten Weg eingeschlagen hätte«, klagte sie einer Vertrauten, »was aus ihm nicht alles hätte werden können.«

Marxens Kinder hatten, nach der Gewohnheit der Zeit, einen Fragebogen ausgearbeitet, dessen Beantwortung zu Bekenntnissen über allerlei Gewohnheiten, Ansichten und Gegenstände zwang. Sie legten Marx wie Engels je ein Exemplar vor, und beide beantworteten gewissenhaft alle Fragen. Eine davon lautete: »Wie ist Ihre Auffassung vom Glück?«

Marx dachte lange nach und schrieb dann: »Zu kämpfen.«

»Ach was«, sagte Engels und schrieb seinerseits: »Chateau Margaux 1848*«.

Wie viele Leute tat Marx das, was er am schlechtesten konnte, am liebsten: Er spielte mit Leidenschaft Schach. Niederlagen stimmten ihn jedoch missmutig und verdarben ihm den Tag.

Als Wilhelm Liebknecht die Kampfstätte zum wiederholten Male als Sieger verlassen hatte, bat ihn Helene Demuth eines Tages auf Knien und im Namen von Frau Marx und aller anderen Familienmitglieder, künftig doch auf solche Schachduelle zu verzichten.

»Wenn Sie gewinnen«, flehte sie Wilhelm Liebknecht an, »unterliegt nicht nur Marx; wir alle unterliegen dann jedes Mal mit.«

Da Marx das Manuskript für den ersten Band des »Kapitals« immer wieder überarbeitete, verschob sich der Termin der Fertigstellung ständig. Sein Verleger wurde ungeduldig und fand, Marx sei träge, und sann auf Abhilfe.

»Ihr Manuskript für das ›Kapital‹«, schrieb er deshalb an Marx, »das für uns zu schreiben Sie sich verpflichtet haben, ist seit 18 Monaten überfällig. Falls wir das Manuskript nicht innerhalb der nächsten sechs Monate erhalten werden, sehen wir uns leider genötigt, einen anderen Autor mit seiner Abfassung zu beauftragen.«

**Berühmter französischer Wein aus dem Bordelais*

Insgesamt hatte Marx am »Kapital« dreißig Jahre lang gearbeitet. Seine Freunde rechneten aus, dass er weniger Lohn dafür erhalten habe als der am schlechtesten bezahlte Tagelöhner in Deutschland. Sie klagten und meinten, das sei ein Unrecht.

Marx fand, das Problem werde falsch angegangen.

»Die Frage ist doch«, meinte er lächelnd, »ob man es der bürgerlichen Welt zumuten kann, dass sie für die Ausfertigung ihres Todesurteils einen anständigen Preis bezahlt.«

Henriettes Plan, sich an Robert zu rächen, hieß, ihn, den scheinbar Unverführbaren, zu verführen. Aber wie? Robert hatte ihrer Liebe widerstanden, ihrer Zuneigung, ihrer Zärtlichkeit, ihrer Schönheit und selbst ihrer Lust. Würde er auch der List eines Weibes widerstehen?

Zuerst einmal war Stimmung nötig, mithin Musik, Henriette erhob sich also und legte eine Platte auf.

»Magst du Musik?«, fragte sie Robert sodann.

»Über alles«, antwortete er, »wenn sie, wie diese, von Offenbach ist.«

Und er erzählte, geistreich wie er war, zehn Anekdoten über Offenbach.

Jacques Offenbach

Bevor Jacques Offenbach seine erste Operette komponierte, schrieb er Tanzmusik jeder Art, die er bei Konzerten in der vornehmen Gesellschaft von Paris spielte. Da er von musikalischen Einfällen übersprudelte, wartete er in jedem Konzert mit neuen Kompositionen auf.

In der Presse wies man auf diese Fruchtbarkeit hin.

Offenbach komponiere regelmäßig drei Walzer vor dem Frühstück, eine Mazurka nach dem Diner und vier Galopps zwischen den beiden Mahlzeiten, hieß es in einer ironischen Notiz.

»So sind die Journalisten«, bemerkte Offenbach. »Was ich, nach dem Souper komponiere, wird einfach nicht erwähnt.«

Um seinem Ziel, der Opéra-Comique, näher zu kommen, verdingte sich Offenbach als Kapellmeister am Théâtre-Français. Er reformierte sofort das Orchester und ließ als Zwischenmusik grundsätzlich nur eigene Kompositionen spielen.

Als bei einer Besprechung der Vorschlag gemacht wurde, die Musik eines anderen Komponisten zu einem bestimmten

Stück zu spielen, erklärte Offenbach würdevoll: »Messieurs, ich habe nicht das gesamte Repertoire neu vertont, damit die Musik anderer aufgeführt wird.«

Félicien David hatte eine symphonische Ode geschrieben, die vierzig Minuten dauerte, für großes Orchester instrumentiert war und den Titel »Die Wüste« trug. David hatte darin seine Reiseeindrücke zu Programmmusik verwandelt und gedachte, Beethovens Neunte zu übertreffen.

Offenbach wohnte der erfolgreichen Uraufführung bei. Seine Freunde wollten wissen, wie ihm das Werk gefallen habe.

»Vierzig Minuten Wüste«, sagte Offenbach. »Kein Wunder, dass alles ungemein ausgetrocknet ist.«

Nach langwierigen Bemühungen erhielt Offenbach 1885 das Privileg für ein eigenes Theater, in dem er nach einem Wort Rossinis der Mozart der Champs-Élysées wurde. Es war eine Holzbude und glich einer Bonbonschachtel. Offenbach nannte es Bouffes-Parisiens.

Ebenso berühmt wie Offenbach wurde hier seine Hauptdarstellerin Hortense Schneider. Sie war von Bordeaux nach Paris gekommen und sang Offenbach in seiner Wohnung vor.

Nach ein paar Proben schlug Offenbach das Klavier zu und fragte, ob sie vorhabe, sich weiter im Gesang zu vervollkommnen. Hortense Schneider, die keinesfalls im üblichen Sinne schön sang, hielt es für zweckmäßig, eine bejahende Antwort zu geben.

»Miserables Geschöpf!«, fuhr Offenbach sie an. »Wenn Sie auf den unglückseligen Gedanken kommen, wieder Stunden zu nehmen, zerreiße ich auf der Stelle den Vertrag. Ich engagiere Sie nämlich! Verstanden?«

Nachdem Hortense Schneider zum Star der Bouffes-Parisiens geworden war, drohte sie, das Theater zu verlassen, wenn Offenbach nicht die Gage erhöhe. Sie könne davon nicht leben.

»Ich verstehe das nicht«, sagte Offenbach verwundert. »Seit wann muss denn eine Schauspielerin, die so begabt ist wie die Schneider und auch noch so gut aussieht, nur von ihrer Gage leben?«

Die Operette »Orpheus in der Unterwelt« war bei der Premiere nur ein mittelmäßiger Erfolg. Zum Glück griff der berühmte Kritiker Jules Janin vom »Journal des Débats« ein und verriss die Aufführung als schwülstig im Text und als eine einzige Schändung des heiligen und glorreichen Altertums.

Im »Figaro« wiesen Offenbach und seine Mitarbeiter nun nach, dass sie die Tiraden, die Janin angegriffen hatte, Wort für Wort aus einem Feuilleton genommen hatten, dessen Urheber der Kritiker selbst war.

Ganz Paris amüsierte sich, und das Stück wurde vierhundertmal gespielt.

»Und da sagt man«, kommentierte Offenbach den Vorgang, »Kritiker seien zu nichts nütze.«

Richard Wagner war es 1860 gelungen, in der Italienischen Oper drei Konzerte zu veranstalten, deren Aufnahme geteilt war. Offenbach nahm das zum Anlass, Paris mit einigen Parodien auf Wagner zu erheitern.

Dieser verkündete daraufhin, die Musik Offenbachs ströme die Wärme eines Düngerhaufens aus, auf dem sich sämtliche Schweine Europas wälzten.

»Und ich antworte ihm mit Auber«, entgegnete Offenbach: »Wie schlecht wäre diese Musik, wenn es Musik wäre.«

Ein mittelloser Graf bat Offenbach um irgendeine Arbeit. Dieser dachte nach und meinte dann, er könne jeden Abend über die Bühne gehen und einem Bettler in dem Stück, das man gerade spiele, einen Sou geben. Der Graf war einverstanden und bat um Vorschuss.

Offenbach gab ihm fünf Francs und sagte, er rechne auf mindestens zweihundert Vorstellungen.

Nach einiger Zeit kam der Graf mit einer neuen Bitte: Er wolle für das Honorar von fünf Francs gern etwas mehr leisten.

»Gut«, sagte Offenbach, »geben Sie dem Bettler in Zukunft zwei Sous.«

Der Darsteller des Paris in der »Schönen Helena«, den Offenbach wegen seiner merkwürdig affektierten Stimme engagiert hatte, wurde in eine peinliche Affäre verwickelt. Er hatte Angst vor der Presse und bat Offenbach in einem Brief um Hilfe und Verständnis; er sei nun einmal kein Freund öffentlichen Geschreis.

Kopfschüttelnd sagte Offenbach: »Wovon lebt er denn eigentlich?«

Offenbachs Arbeitsmethode war eigentümlich. Er schrieb seine Melodien, während er gleichzeitig mit Verlegern verhandelte, mit Besuchern diskutierte und mit seinen Mitarbeitern die nächste Aufführung besprach.

Währenddessen spielten seine Kinder im gleichen Zimmer, und Hausangestellte räumten auf.

Eines Tages sorgte seine Frau für Abhilfe. Während Offenbach arbeitete, durfte niemand eintreten.

»Um Gottes willen«, sagte Offenbach entsetzt, »wie soll denn ein Mensch bei solch einer Ruhe arbeiten können!«

»Ich werde jetzt ins Badezimmer gehen, Wasser einlaufen lassen, mich entkleiden und ein wunderschönes Bad nehmen«, sagte Henriette und fügte, ihrer neuen Strategie entsprechend, hinzu: »Du aber, mein Liebling, bleibst schön hier vor der Tür und unterstehst dich nicht hereinzukommen!«

»Dein Wunsch ist mir Befehl«, rief Robert gelassen aus, »ich werde dich einfach von draußen aus unterhalten.«

Und er erzählte, geistreich wie er war, zehn Anekdoten über Whistler.

James McNeill Whistler

Der nordamerikanische Maler James McNeill Whistler wurde in London, wo er zusammen mit Oscar Wilde die Kunstrichtung des Snobismus erfand, in einen Prozess verwickelt. Es ging um Beleidigung in Kunstfragen, und das Gericht bemühte sich, die schwierige Materie zu verstehen.

Ob er den Herren Geschworenen nicht klarmachen könne, was Kunst eigentlich sei, forderte der Vorsitzende des Gerichts den Maler auf.

Whistler klemmte sein Monokel ins Auge, ließ seinen Blick langsam über die einzelnen Geschworenen gleiten, nahm das Monokel wieder ab und sagte dann: »Nein.«

Der Prozessgegner Whistlers hieß Ruskin. Er hatte erklärt, es sei eine Unverschämtheit, den Menschen einen Farbtopf ins Gesicht zu werfen und dafür 200 Guineen zu verlangen.

Eine Dame, die mit beiden befreundet war, versuchte zu vermitteln: Was er denn eigentlich gegen den armen alten Ruskin habe; er stehe doch schon mit einem Fuß im Grabe.

»Gegen diesen Fuß habe ich auch gar nichts«, erwiderte Whistler.

Eine Bewunderin Whistlers erzählte ihm während eines Diners, sie sei in der Frühe an der Themse spazieren gegangen und habe bemerkt, dass die Luft so durchsichtig gewesen sei, dass sie sich direkt an einige Bilder Whistlers erinnert habe.

»Ja, ja«, sagte Whistler sinnend, »so allmählich kommt auch die Natur auf den Trick.«

In einem Londoner Hutladen unterzog sich Whistler der mühevollen Prozedur, eine neue Kopfbedeckung auszusuchen.

Während er nachdenklich verschiedene Hüte betrachtete, stürzte ein kleiner, dicker Mann in das Geschäft und störte Whistler in seinen Meditationen.

Er solle sich gefälligst einmal den Hut ansehen, den er ihm verkauft habe; er stehe ihm überhaupt nicht, empörte sich der Mann, der Whistler für einen Verkäufer hielt.

Whistler drehte sich um, musterte den Mann gründlich durch sein Monokel und sagte: »Ihr Rock passt Ihnen auch nicht. Und wenn Sie mir ein offenes Wort gestatten – die Farbe Ihrer Hose ist abscheulich.«

Eine Londoner Zeitung vermerkte in einer Notiz, man habe am vergangenen Tage in Brighton Whistler und Oscar Wilde zusammen gesehen; wie üblich hätten sie nur von sich gesprochen.

Wilde schnitt die Notiz aus und zeigte sie Whistler.

Das Schlimme bei den Journalisten sei doch immer wieder ihre Ungenauigkeit, meinte er dabei; wie Whistler sich sicher erinnern könne, hätten sie die ganze Zeit ausschließlich über ihn, Wilde, gesprochen.

»Das stimmt, Oscar«, entgegnete Whistler. »Aber es scheint Ihnen entgangen zu sein, dass ich dabei ausschließlich an mich dachte.«

Auf Wunsch seiner Eltern sollte Whistler eigentlich Offizier werden. Er wurde auf die amerikanische Kriegsschule in West Point geschickt und bei der Prüfung gefragt, was er sich unter Natrium vorstelle.

Whistler meinte, es handle sich um ein Gas, fiel durch und wurde Maler.

Als er Jahre später in London der Königin Victoria vorgestellt wurde, sagte sie zu ihm, wie sie gehört habe, sei er früher einmal Soldat gewesen.

»Gewiss, Majestät«, antwortete Whistler, »und wenn Natrium ein Gas wäre, wäre ich heute General.«

Ein reicher Lord ließ sich von Whistler malen und versprach sich von dem Gemälde beachtliche Wirkung in seiner Ahnengalerie.

Als das Bild fertig war, betrachtete er es eine Weile stumm und sagte dann, Whistler müsse doch wohl zugeben, dass es ihm nicht besonders gut gelungen sei.

»Ja«, sagte Whistler bereitwillig, »aber Sie werden zugeben müssen, dass Sie der Natur auch nicht besonders gut gelungen sind.«

Whistler bewunderte sehr den Entwurf und das Thema eines Bildes, das ein Freund von ihm begonnen hatte. Er wollte wissen, wie es fertig aussehe, fand das Bild in einem herrlichen Rahmen, aber unvollendet.

Enttäuscht sagte er zu seinem Kollegen, er habe ja seit seinem letzten Besuch nicht mehr an dem Bild gearbeitet.

Das stimme, sagte dieser, aber er habe dafür ein großartiges Sonett über das gleiche Thema geschrieben.

»Dann nehmen Sie doch das Bild heraus«, sagte Whistler, »und rahmen Sie das Sonett ein.«

Nach langem Bemühen war es Whistler gelungen, das Bild eines jungen Kollegen im Herbstsalon unterzubringen.

Beide gingen zur Eröffnung, und der junge Maler rief entsetzt aus, das Bild hänge ja verkehrt herum.

»Leise!«, flüsterte Whistler ihm beruhigend zu. »Anders herum haben es die Mitglieder der Jury nicht annehmen wollen.«

In einem Salon wurde das berühmte Thema der Jahrhundertwende erörtert: ob Genie erblich sei.

Während jeder seine Meinung dazu darlegte, blieb Whistler, ganz gegen seine sonstige Gewohnheit, schweigsam. Man bemerkte es und forderte ihn auf, doch auch seine Ansicht zu äußern.

»Verzeihen Sie«, sagte Whistler, »in dieser Frage kann ich leider nicht mitreden. Ich habe keine Kinder.«

»Kannst du raten, welches Kleidungsstück ich jetzt ausziehe?«, rief Henriette aus dem Innern des Badezimmers.

»Das Kleid«, rief Robert zurück.

»Richtig«, erwiderte Henriette. »Und jetzt?«

»Das Unterkleid.«

»Wieder richtig«, bestätigte Henriette. »Und jetzt?«

»Die Strümpfe.«

»Auch richtig«, bestätigte Henriette erneut. »Und jetzt?«

»Den Schlüpfer.«

»Zum vierten Mal richtig«, erscholl es aus dem Innern des Badezimmers. »Und jetzt?«

»Jetzt«, rief Robert zurück, »fällt mir Mark Twain ein.«

Und er erzählte, geistreich wie er war, zehn Anekdoten über Mark Twain.

Mark Twain

In der Schule, die Mark Twain in der kleinen Stadt Hannibal im Staate Missouri besuchte, übte er sich in dem schönen Brauch, das schmucklose Pult mit Hilfe eines Taschenmessers zu verzieren. Er wurde von seinem Lehrer, der keinerlei Kunstverständnis besaß, erwischt und musste die übliche Strafe zahlen: fünf Dollar oder wahlweise eine Tracht Prügel.

Mark Twain beichtete den Vorfall pflichtgemäß seinem Vater. Dieser wollte den Namen der Familie nicht durch eine öffentliche Exekution geschändet wissen und zahlte. Gleichzeitig bestand er darauf, dass die irdische Gerechtigkeit zum Zuge komme, nahm seinen Sohn mit auf sein Zimmer und bleute ihn dort durch. Dabei reflektierte er über seine Empfindungen und sagte, die Schläge täten ihm als Vater mindestens genauso weh.

»Ja«, stöhnte Mark Twain, »aber nicht an der gleichen Stelle.«

In Missouri erzählte man sich eine Variante der berühmten Geschichte: Vom Schuhputzer zum Millionär. Ein armer Bursche hatte die Chance zu einer erfolgreichen Laufbahn bekommen, als ein Geschäftsmann zufällig beobachtete, wie er eine Stecknadel vom Troittoir aufhob.

Mark Twain, der gegen ein Dasein als Millionär keinerlei Abneigungen hegte, beschloss, als er eine Stelle suchte, dem erprobten Beispiel zu folgen. Er verstreute einige Stecknadeln vor der Tür eines großen Geschäftshauses, wartete, bis der Chef erschien, bückte sich dann und hob die Stecknadeln auf.

»Haben Sie wirklich nichts Vernünftigeres zu tun, als Stecknadeln aufzuheben?«, fauchte ihn der Geschäftsmann an. »Sie müssen wahrhaftig ein völlig unbrauchbarer Trottel sein!«

Nachdem Mark Twain Lotse auf dem Mississippi und noch vieles andere gewesen war, ohne der erwünschten Millionärsexistenz näher gekommen zu sein, erlangte er eine Stelle als Lokalreporter.

Der Chefredakteur meinte, er habe zwar Talent, müsse sich aber in der Kunst üben, nur erwiesene Tatsachen zu berichten.

Mark Twain nahm sich den Rat zu Herzen. Als die Frau des Bürgermeisters einen Gesellschaftsabend für die Damen der Stadt gab, berichtete er in einer Notiz: »Eine Dame, die sich Mildred Taylor nannte, hat, wie verlautet, einen sogenannten Gesellschaftsabend für einige Gäste abgehalten, von denen man sagt, dass sie Damen seien. Von der Gastgeberin erzählt man sich, sie sei mit dem Bürgermeister dieser Stadt verheiratet.«

Zu seinen Obliegenheiten als Redakteur gehörte später die Aufgabe, Leserbriefe zu beantworten. Er bemühte sich, auch hier den Vorstellungen des Herausgebers zu entsprechen, der keine geschwätzigen Darlegungen, sondern brauchbare Ratschläge verlangte.

Als eine Dame aus Arkansas anfragte, was sie gegen das Schlafwandeln ihres Mannes tun könne, schrieb Mark Twain: »Kaufen Sie im nächsten Eisenwarengeschäft eine große Tüte Reißnägel und streuen Sie davon täglich vor dem Schlafengehen vier gehäufte Esslöffel um das Bett Ihres Herrn Gemahls.«

Als Redakteur der Zeitung »Arizona Kickers« erhielt Mark Twain die übliche Flut unverlangter Manuskripte. Ein Autor erinnerte sich an goldene Regeln und legte seinem Manuskript eine Kiste Zigarren bei.

Mark Twain antwortete ihm freundlich: »Ihre Zigarren sind hervorragend; das Manuskript ist leider nicht verwertbar. Bitte schicken Sie künftig nur noch Zigarren.«

Nach längerer Tätigkeit als Redakteur an verschiedenen Zeitungen und nach Veröffentlichung einiger Bücher war Mark Twain als Humorist berühmt geworden, ohne dass sich seine finanzielle Lage besonders gebessert hätte. Er beschloss, dieses Problem ein für allemal zu lösen, und heiratete die Tochter eines steinreichen Kohlenhändlers, baute sich eine ansehnliche Villa, erlernte die Fähigkeiten zu einem luxuriösen Lebenswandel, reiste ins Ausland und nahm dafür in Kauf, dass seine Frau fromm war und sein Fluchen nicht leiden konnte.

Eines Morgens, als er sich beim Rasieren schnitt, fiel er wieder in seine ihm liebgewordene Gewohnheit zurück. Da er sich allein wähnte, erging er sich in fürchterlichen Lästerungen.

Seine Frau hatte jedoch im Nebenzimmer mitgehört, und als er zu ihr eintrat, wiederholte sie ihm alles Wort für Wort.

»Mein Schatz«, sagte Mark Twain, der ihr aufmerksam gelauscht hatte, »die Wörter hast du weg, aber die Melodie kennst du nicht.«

Nach langjährigen Erfahrungen erklärte Mark Twain, auf den Veranstaltungen der New Yorker Gesellschaft höre keiner dem anderen zu. Er verpflichtete sich, auf der nächsten den Beweis zu liefern.

Mark Twain kam eine halbe Stunde zu spät und begrüßte die beschäftigte Hausherrin mit den Worten, sie möge seine Unpünktlichkeit entschuldigen. Er habe noch seine Tante erwürgen müssen, und das habe ein wenig länger als erwartet gedauert.

»Reizend von Ihnen«, erwiderte die Gastgeberin, »dass sie trotzdem gekommen sind.«

Mark Twain war der Meinung, dass der Freitag ein Unglückstag sei. Ein Freund fand diesen Aberglauben lächerlich. Er hielt ihm vor, Gladstone, Tennyson, Washington und Napoleon seien sogar an einem Freitag geboren worden.

»Und?«, erwiderte Mark Twain. »Tot sind sie. Alle.«

Auf einer der Gesellschaften, die seine Frau mit Ausdauer besuchte, fragte ein Pianist Mark Twain, ob er Klaviermusik liebe.

Sehr, antwortete er, ein Klavier habe ihm sogar einmal das Leben gerettet.

Der Pianist wollte Genaueres wissen.

»Es war während einer Überschwemmung«, erklärte Mark Twain. »Als das Wasser den ersten Stock unseres Hauses erreicht hatte, schwamm mein Vater auf einer Kommode davon. Ich habe ihn auf einem Klavier begleitet.«

Ein junger Autor, der seine Manuskripte Mark Twain zur Begutachtung zuschickte, fragte in einem Brief gleichzeitig, ob Fisch gut für das Gehirn sei.

»Jawohl«, schrieb Mark Twain zurück, »Fisch ist wegen seines Phosphorgehalts besonders gut für das Gehirn. Ihrem Brief nach zu urteilen, dürften zwei Walfische alles sein, was Sie derzeit benötigen.«

»Ich gestatte dir hereinzukommen!«, rief Henriette aus dem Badezimmer. Robert folgte folgsam dieser Erlaubnis und trat ein.

Henriette hatte sich in der Badewanne erhoben, nackt wie Aphrodite und wie diese bei ihrer Geburt bedeckt mit Resten von Schaum. »Wie gefalle ich dir?«, forderte sie Robert zu einem Urteil heraus.

»Himmlisch!«, rief dieser entzückt. »Und bei diesem Licht ganz wie ein Bild von Liebermann.«

Und er erzählte, geistreich wie er war, zehn Anekdoten über Liebermann.

Max Liebermann

Max Liebermann war ein Bewunderer der holländischen Malerei. Besonders die Bilder von Frans Hals beeindruckten ihn sehr.

Als er mit einem Freund wieder einmal das Reichsmuseum in Amsterdam besuchte, zog er ihn unwillig weg, als dieser vor der »Nachtwache« von Rembrandt stehen bleiben wollte.

Ob ihm die Bilder von Rembrandt nicht gefielen, fragte der Freund.

»Wissen Sie«, sagte Liebermann, »wenn man Frans Hals sieht, bekommt man Lust zu malen. Wenn man Rembrandt sieht, möchte man es aufgeben.«

Einer der größten Gegner der neuen Kunstrichtung in Deutschland war der Schlachtenmaler Anton von Werner. Er ließ keine Gelegenheit aus, sie herunterzumachen. Die Ausdrücke, die er dabei wählte, waren keinesfalls adeliger Herkunft.

Liebermann, der eine kräftige Sprache durchaus schätzte, meinte zu den Angriffen: »Wenn Anton von Werner auch ohne Hände geboren wäre, er hätte doch die größte Schnauze.«

Als das Altonaer Rathaus ausgemalt werden sollte, erhielt Liebermann den Auftrag. Er wählte als Sujet die vier Jahreszeiten.

Ein Stadtrat bedauerte, dass Liebermann sich nicht von der Geschichte der Stadt hatte anregen lassen.

»Aber das habe ich doch getan«, protestierte Liebermann. »Was ist denn in Altona sonst noch passiert außer den Jahreszeiten?«

In Berlin, wo Liebermann seit 1884 lebte, bewohnte er ein Haus direkt am Pariser Platz. Überall hingen erlesene Bilder, die Liebermann günstig erstanden hatte und die ein Vermögen wert waren.

Ein Besucher, der die Sammlung bewunderte, fragte überrascht, warum keine Bilder von Liebermann zu sehen seien.

»Nee«, antwortete Liebermann, der seit seiner Übersiedlung nach Berlin grundsätzlich nur Berliner Dialekt sprach, »det wär' mir zu teuer.«

Liebermann war als Porträtmaler hochgeschätzt. Allerdings pflegte er keinen platten Naturalismus. Er betonte gern Merkmale in den Zügen seiner Kunden, von denen er glaubte, dass sie der Schöpfung nicht vollkommen geraten seien.

Als einer der Porträtierten verwundert fragte, ob er denn wirklich so aussehe wie auf dem Bild, sagte Liebermann: »Nein! Aber so sollten Sie aussehen.«

Liebermann hatte eine Reise über die Alpen lange Zeit vermieden. Endlich entschloss er sich, fuhr nach Italien und blieb längere Zeit dort.

Nach seiner Rückkehr fragten ihn seine Bekannten neugierig, wie es ihm in Italien gefallen habe.

»Italien«, antwortete Liebermann, »det ist jar nich so kitschich, wie die Leute imma reden.«

Als Präsident der Berliner Sezession hatte Liebermann für eine Ausstellung unter anderem auch Arbeiten von Pechstein und Nolde zu jurieren, die er, wie alle Expressionisten, ablehnte.

Als ihm die Bilder gezeigt wurden, warf er einen kurzen Blick darauf und knurrte erregt: »Nehm' Se det Zeug bloß wech, sonst jefällt's mir am Ende noch.«

Trotz seiner bürgerlichen Lebenshaltung stand Liebermann politisch auf Seiten der Linken. Als er gefragt wurde, ob er bereit sei, Hindenburg zu malen, meinte Liebermann: »Hindenburg malen? – Den piss ick in'n Schnee.«

Zu den Eigentümlichkeiten von Liebermann gehörte es, als Maler kein Bohemien zu sein. Er lebte wie ein Bourgeois, war als braver Ehemann bekannt und leistete sich keine Seitensprünge.

Eine elegante junge Frau, die er nach der Beendigung eines Porträts immer wieder einmal zu einer Sitzung bat, fasste sich eines Tages ein Herz und fragte ihn, ob in seinem Leben wirklich kein Platz für andere Frauen sei.

»Jlauben Se doch bloß det nich!«, antwortete Liebermann erregt. »Wat meinen Se wohl, wie oft ick jerade hier im Atelier, det jestehe ick janz offen, die heilije Lust verspürt habe, so 'ne hübsche Frau mal zu umarmen und abzuküssen –

aber dann war immer jerade die Beleuchtung so schön, und da hab' ick se lieber jemalt.«

Die letzten Lebensjahre Liebermanns fielen in den Anbruch von Hitlers tausendjährigem Reich.

Auf die Frage, was er von der neuen Zeit und den neuen Machthabern halte, erwiderte er: »Ach, wissen Sie, man kann nicht halb so viel essen, wie man kotzen möchte.«

»Was soll ich in der Nacht tragen, ein Nachthemd oder einen Pyjama?«, wollte Henriette wissen, und Robert dachte angestrengt über dieses Problem nach.

»Keins von beiden«, erwiderte er nach einer Weile des Bedenkens.

»Ich soll also völlig unbekleidet ins Bett gehen?«, fragte Henriette weiter. »Warum?«

»Weil ich die Schönheit deines Körpers genießen möchte, wenn ich dir von George Bernard Shaw berichte«, antwortete Robert.

Und er erzählte, geistreich wie er war, zehn Anekdoten über Shaw.

George Bernard Shaw

Der Dramatiker George Bernard Shaw dachte in seiner Jugend viel an ein freudloses Alter. Er hasste es deshalb, Geld auszugeben, besonders für mildtätige Zwecke, und entwickelte eine große Kunstfertigkeit, das zu vermeiden. Als er zu einem Empfang geladen wurde, saß am Eingang ein Bettler, dem alle Eintretenden ihren Tribut zollten. Auch Shaw trat auf den Bettler zu, griff in die Tasche, zeigte einen Presseausweis und ging vorbei.

In einem Antiquariat fand Shaw eines seiner Bücher, das er einst einer hochgestellten Persönlichkeit geschenkt hatte. Die Widmung »Mit freundlichen Komplimenten!« stand noch auf der Titelseite.

Shaw kaufte das Buch, schrieb unter die erste Widmung »Mit erneuerten Komplimenten!«, und schickte es an den früheren Besitzer zurück.

Während eines Spaziergangs mit einem Freund sah Shaw, wie Kinder einen Hund quälten. Shaw befreite den Hund und verprügelte die Kinder mit seinem Spazierstock.

Der Freund machte ihn darauf aufmerksam, dass er doch die körperliche Züchtigung stets abgelehnt habe.

»Ich bin immer noch dagegen«, sagte Shaw, »aber ich habe nie den Anspruch erhoben, konsequent zu sein.«

Shaws Komödie »Pygmalion« wurde ein Welterfolg. Bei der Premiere musste sich der Autor auf der Bühne zeigen. Da ertönte in den Beifall eine Stimme von der Galerie: »Das war ein verdammt blöder Quatsch!«

Shaw war keineswegs schockiert. Er sah zur Galerie hinauf und rief: »Ich bin ganz Ihrer Meinung! Aber was können wir zwei hier schon ausrichten!«

Die schöne amerikanische Tänzerin Isadora Duncan war eine Verehrerin von Shaw. Eines Tages setzte sie sich über alle gesellschaftlichen Konventionen hinweg und machte Shaw brieflich das Angebot, gemeinsam ein Kind zu zeugen. Sie begründete ihren Vorschlag mit dem Hinweis, nach den Gesetzen der Erblehre müsse das Kind ein vollkommenes Wesen werden, da es ja von Shaw den Geist und von ihr die Schönheit erben würde.

Shaw lehnte dankend ab: »Ihr Antrag ehrt mich sehr, aber haben Sie auch daran gedacht, was aus dem Kind wird, wenn es Ihren Geist und meine Schönheit erbt?«

Shaw schätzte die persönliche Bekanntschaft mit hochgestellten Personen. Nach dem zweiten Weltkrieg bat er deshalb General Montgomery um ein Gespräch. Dieses wurde ihm lange Zeit verweigert. Endlich empfing der General den Dramatiker; er saß gerade einem Maler für ein Porträt.

Shaw eröffnete die Unterhaltung mit der Feststellung, nur fünf Prozent der Leute, die wichtige Stellen im öffentlichen Leben bekleideten, seien ihrer Aufgabe wirklich gewachsen.

Der General war sofort beleidigt und fragte schockiert, ob das auch heißen solle, dass nur fünf Prozent der englischen Generäle über eine ausreichende Befähigung verfügten.

»Keinesfalls«, antwortete Shaw, »bei Generälen ist der Prozentsatz natürlich niedriger.«

Der Mitbegründer und Generaldirektor der Filmfirma Metro-Goldwyn-Mayer, Louis B. Mayer, war von Amerika nach London gekommen, um von Shaw die Kinorechte der »Heiligen Johanna« zu erwerben.

Um den Dramatiker günstig zu stimmen, sprach er eine Stunde lang von der hohen Mission der Kunst.

Shaw meinte danach, aus einem Vertrag könne nichts werden.

»Aber warum denn nicht?«, fragte Mayer bestürzt.

»Weil Sie die ganze Zeit über nur an Kunst denken«, erwiderte Shaw, »ich denke nur an Geld.«

Ein junger Mann, der Dramatiker werden wollte, hatte ein Stück geschrieben und schickte es an Shaw mit der Bitte um ein Urteil. Er erhielt keine Antwort.

Nach einigen Monaten erschien der junge Mann bei Shaw und erbat sein Manuskript zurück. Dieser suchte lange, fand es aber nicht. Der junge Mann war empört, dass Shaw das Manuskript verkramt hatte.

Betroffen führte Shaw seinen Besucher vor einen Schrank mit fremden Manuskripten und sagte tröstend: »Bitte, suchen Sie sich drei heraus und nehmen Sie die als Ersatz mit.«

Auf der Insel Madeira speiste Shaw mit einem Amerikaner, der alles schlecht fand, was aus England kam. Als ihm englisches Bier serviert wurde, sagte er daher mit Abscheu, englisches Bier sei das ungenießbarste Getränk auf der ganzen Welt.

Empört sprang Shaw auf und schrie den Amerikaner an: »Was? Keine Ahnung haben Sie! Trinken Sie doch erst einmal unseren Kaffee!«

Zum neunzigsten Geburtstag Shaws brachte eine Schweizer Zeitung einen Artikel, in dem auf seine irische Herkunft verwiesen wurde. Er trug den Titel: »Bernard Shaw – der große Irre.«

Shaw kabelte an die Verlagsleitung: »Bin ganz Ihrer Meinung. Aber mussten Sie mir das ausgerechnet zu meinem 90. Geburtstag sagen?«

»Ziehst du dich aus, oder gehst du mit den Kleidern ins Bett?«, fragte Henriette, holte das Bettzeug aus dem Bettkasten, breitete alles aus und kuschelte sich dann in die Tücher.

»Natürlich ziehe ich mich aus«, antwortete Robert und begann damit. »Aber seit meiner Kindheit finde ich Aus- und Anziehen langweilig. Du auch?«

»Ja«, erwiderte Henriette, »wenn es zur unpassenden Zeit unpassend lange dauert.«

»Wie wir uns verstehen!«, rief Robert voller Freude aus. »Aber die Langeweile vertreibe ich dir mit Wedekind.«

Und er erzählte, geistreich wie er war, zehn Anekdoten über Wedekind.

Frank Wedekind

In den beiden letzten Jahrzehnten des 19. Jahrhunderts schockierte der Dichter Frank Wedekind das Publikum durch die Behauptung, das Weib besitze eigene Geschlechtsorgane. Außerdem trat er auch noch in Dramen auf, die er über dieses Thema schrieb.

Die Folge der doppelten Kühnheit war eine monumentale Pleite. Die spärlichen Besucher zischten und buhten.

Als dies wieder einmal geschah, unterbrach Wedekind die Vorstellung, trat an die Bühnenrampe und rief drohend ins Publikum: »Vorsicht! Meine Herrschaften, vergessen Sie nicht, wir sind hier oben in der Überzahl.«

Eine Möglichkeit, den ständigen Nachstellungen seiner Gläubiger zu entgehen, sah Wedekind, als in München das Kabarett »Die Scharfrichter« gegründet wurde. Abend für Abend ärgerte er dort das Publikum durch Lautenlieder über das Liebesleben von Hunden und Jungfrauen. Als eine langjährige Freundin bei ihm anfragte, wie sich seine Situation inzwischen gestaltet habe, schrieb Wedekind ihr die stolzen Dichterworte: »Das Gitter öffnet sich. Ich steige zum Licht empor. Freiheit – dein Name ist Tingel-Tangel.«

Eine Dame der besseren Gesellschaft schilderte Wedekind verzweifelt ihre finanzielle Notlage: Die Erbschaft sei verbraucht, ihr Gemahl habe bankrottiert, und einen bürgerlichen Beruf auszuüben, verstehe sie nicht. Sie überlege und überlege, finde aber keinen Ausweg.

»Das ist wirklich schrecklich«, sagte Wedekind grübelnd. »Aber haben gnädige Frau schon einmal dran gedacht, Ihren Körper zu verwerten?«

Wedekinds finanzielle Situation war stets prekär. Obwohl er zwanzig Dramen und mehrere Romane schrieb, als Schauspieler und Bänkelsänger auftrat und Verse für den »Simplicissimus« verfasste, war der Gerichtsvollzieher eine ihm ungemein vertraute Erscheinung. Als dieser wieder einmal bei Wedekind vorsprach, sagte der Dichter höflich und zuvorkommend: »Bitte, nehmen Sie Platz. – Das ist allerdings auch das einzige, was Sie hier nehmen können.«

In Berlin lernte Wedekind den Maler Lovis Corinth und den Dichter Otto Erich Hartleben kennen. Beide waren Sonderlinge. Sie besuchten regelmäßig die Weinstuben der Berliner Innenstadt, wo sie schweigend beieinander saßen.

Freunde fragten Wedekind, was beide wohl veranlasse, ständig miteinander zu schweigen.

»Ihr schlechtes Gewissen«, sagte Wedekind. »Der eine bringt die Natur mit Farben um. Und der andere tut es mit Versen.«

Der Dichter Max Halbe war mit Wedekind in regelmäßigen Abständen befreundet oder verfeindet. Laut Wedekind lag das an Halbe, der die Angewohnheit hatte, immer zwei Fragen anstatt einer zu stellen.

Nachdem sie eine bestehende Feindschaft gerade beendet hatten, fragte Halbe Wedekind, wie er sein Drama gefunden habe, das am Abend zuvor aufgeführt worden war.

Er habe die ganze Nacht kein Auge zugetan, antwortete Wedekind. Ob ihn die Handlung so aufgeregt habe, fragte Halbe sofort weiter.

»Nein«, sagte Wedekind, »ich hatte mich doch schon im Theater ausgeschlafen.«

Nach langem Zögern hatte Max Reinhardt ein Drama von Wedekind angenommen und es selbst inszeniert. Wider Erwarten wurde es ein großer Erfolg. Doch hatte er gestrichen, umgestellt und auch noch einen frei erfundenen Schluss spielen lassen.

Wedekind sah sich die Inszenierung an und ging dann in eine Weinstube. Seine Zechgenossen fragten neugierig, was er von Reinhardt halte.

»Er ist schon ein großer Regisseur«, sagte Wedekind. Er verwandelt Wasser in Wein. Manchmal«, setzte er nachdenklich hinzu, »wenn gerade kein Wasser vorhanden ist, macht er es auch umgekehrt.«

Der Stil, den Wedekind in seinen Dramen anwandte, war für die naturalistischen Schauspieler der Jahrhundertwende ein Buch mit vierzehn Siegeln. Sie schafften es immer wieder, große Figuren klein durchfallen zu lassen. »Es ist ein Kuriosum«, bemerkte Wedekind dazu. »Den dankbarsten Rollen gegenüber, die sich in meinen Stücken finden, spielt der deutsche Schauspieler seit zwanzig Jahren den schüchternen Liebhaber. Leider habe ich gerade für dieses Fach nie eine Rolle geschrieben.«

Zwischen der Jahrhundertwende und dem ersten Weltkrieg war das Café Stephanie in München ein Treffpunkt der Dichter, Literaten und Anarchisten. Auch Wedekind war ständiger Gast.

Eines Tages stürzte ein junger Literat herein und schrie, im Interesse der Menschheit brauche er tausend abgeschlagene Köpfe der Bourgeoisie.

»Ich dagegen«, entgegnete Wedekind, »wäre schon mit Ihrem allein zufrieden.«

Beim Ausbruch des Ersten Weltkriegs herrschte allgemeine Begeisterung. Wedekind gehörte zu den wenigen, die skeptisch blieben.

»Der internationale Militarismus hat vierzig Jahre nichts anderes getan«, sagte er, »als für diese Aufführung zu proben. Ein beachtlicher Aufwand, wenn man bedenkt, was für einen Durchfall das geben wird.«

»Komm ins Bett«, sagte Henriette kurz und bündig und deckte das Laken auf.

»Wie wunderbar einfach du das sagst«, antwortete Robert und legte sich neben Henriette, »bevor Karl Kraus die deutsche Sprache gereinigt hat, hätte man gesagt: ›Möchtest du nicht, wenn dir danach ist, das für uns beide mit Liebe und Sorgfalt bereitete Lager gemeinsam mit mir teilen?‹«

Und er erzählte, geistreich wie er war, zehn Anekdoten über Kraus.

Karl Kraus

Als der Publizist Maximilian Harden in Berlin die Zeitschrift »Zukunft« gründete, wurde er von Karl Kraus, der in Wien die »Fackel« herausgab, unterstützt.

Nachdem Harden jedoch einen bigotten Züricher Frauenverein verteidigte, dessen Wirken nach Kraus darin bestand, das Selbstbestimmungsrecht der weiblichen Sinne vollends aufzuheben, griff Kraus ihn an. Folge war eine Polemik, die fast ein Jahrzehnt dauerte.

Nachdem die Kritik erschienen war, fragte ein Leser, ob Harden darauf reagiert habe.

»Gewiss«, schrieb Kraus zurück. »Er hat die Zusendung des Tauschexemplares der ›Zukunft‹ eingestellt.

Jetzt muss ich das Blatt abonnieren. Ja, ja, so strafen Große.«

Im niederösterreichischen Landtag hatte der christlichsoziale Politiker Bielohlawek erklärt, Tolstoi sei ein alter Depp. Alles war empört und erörterte den Vorfall. Auch Kraus griff in die Auseinandersetzung ein.

»Der Abgeordnete Bielohlawek hat von Tolstoi keine Ahnung«, schrieb er. »Zu solchem Urteil kann einer nur aufgrund einer genauen Kenntnis des Tolstoischen Wirkens gelangen.«

Um die Jahrhundertwende gab es in Wien ein Literaten-Café mit dem Namen Griensteidl. Im Zuge der Stadtsanierung und einer modernen Verkehrsführung wurde es geschlossen und später abgerissen.

In der Presse erschienen die üblichen Nachrufe.

Kraus schloss sich an. »Wien«, so bemerkte er in der »Fackel«, »wird jetzt zur Weltstadt demoliert.«

Eine in St. Gallen erscheinende Zeitung hatte über eine Premiere im dortigen Stadttheater berichtet, man habe am Abend vorher »König Lehar«, ein Trauerspiel von Shakespeare in fünf Aufzügen, gegeben.

Kraus war entzückt.

»Der Setzer hat keinen Witz machen wollen«, äußerte er dazu. »Er formulierte nur, was man sich unter Theater vorstellt. An ihren Druckfehlern werdet ihr sie erkennen.«

Mit Sigmund Freud war Kraus, wie mit vielen anderen seiner späteren Gegner, anfänglich befreundet. Er verfolgte seine Arbeiten mit Interesse, unterstützte ihn, brach aber plötzlich die Beziehung ab.

Seine Anhänger fragten Kraus, was ihn veranlasst habe, mit Freud zu brechen.

»Seine Theorien«, antwortete Kraus. »Die Psychoanalyse ist nämlich die Geisteskrankheit, für deren Therapie sie sich hält.«

Ein Schriftsteller hatte eine Satire auf die Obrigkeit geschrieben, und der Zensor hatte ihr Erscheinen untersagt. Die liberale Presse griff den Vorfall auf und führte eine heftige Kampagne, die natürlich ergebnislos verlief.

Kraus wurde gefragt, warum er sich nicht anschließe, er müsse doch auch gegen solche Übergriffe der Zensur sein.

»Das ist kein Übergriff der Zensur«, lehnte Kraus ab. »Satiren, die der Zensor versteht, werden mit Recht verboten.«

Die politischen Verhältnisse in Österreich wurden von den Liberalen immer wieder mit denen Preußens verglichen. Man fand: In Preußen dürfe man sich nicht wirklich frei äußern, während man in Österreich im Allgemeinen sagen könne, was man wolle.

Auch Kraus interessierte der Unterschied. »Preußen«, so stellte er fest, »ist die Freizügigkeit mit Maulkorb, Österreich die Isolierzelle, in der man schreien darf.«

Beim Besuch eines Wiener Cafés begegnete Kraus einem Mann, mit dem er in heftiger Fehde lag.

Zur allgemeinen Überraschung grüßte er ihn auf das Höflichste.

Ein Begleiter stellte ihn deshalb zur Rede; der Mann sei doch sein erwiesener Feind.

»Schon«, erwiderte Kraus, »aber ein alter.«

Obwohl Kraus ein Feind jeder nationalen Borniertheit war und den Nationalsozialismus hasste, schwieg er nach der Machtübernahme Hitlers monatelang.

Im Oktober 1933 gab er endlich eine neue Nummer der »Fackel« heraus; sie bestand nur aus vier Seiten und enthielt kein Wort über die Vorgänge in Deutschland.

Ein Dreivierteljahr später erklärte er in einer neuen Nummer der »Fackel« sein rätselhaftes Schweigen.

Lakonisch stellte er fest: »Mir fällt zu Hitler nichts ein.«

Auf der Flucht vor den Nationalsozialisten erreichte Brecht mit seiner Frau und einigen Freunden Wien.

Man unterrichtete Kraus, der Brecht stets verteidigt und gefördert hatte, von ihrem Eintreffen.

»Aha«, sagte Kraus. »Die Ratten erreichen das sinkende Schiff.«

»Natürlich möchte ich jetzt gestreichelt werden«, sagte Henriette und wies ihm den Weg.

»Wie eigenartig Gefühle doch sind«, sagte Robert, während er seine Fingerspitzen gleiten ließ, »wenn man gestreichelt wird und selber nichts tut, empfindet man das stärker, als wenn man gleichzeitig den anderen streichelt.«

»Man ist dann eben abgelenkt«, stöhnte Henriette genussvoll auf, »Gefühle sind auch relativ.«

»Ein neuer Beweis für Einsteins Relativitätstheorie«, jubelte Robert.

Und er erzählte, geistreich wie er war, zehn Anekdoten über Einstein.

Albert Einstein

Im Jahre 1905 veröffentlichte Albert Einstein seine grundlegende Arbeit zur »speziellen Relativitätstheorie«, die er 1916 zur »allgemeinen Relativitätstheorie« erweiterte. Seine Freunde fragten ihn, wie wohl die Auswirkungen in der Öffentlichkeit sein würden.

»Das ist einfach vorherzusagen«, antwortete Einstein. »Werde ich recht behalten, werden die Deutschen sagen, ich sei Deutscher, die Franzosen, ich sei Europäer, und die Amerikaner, ich sei Weltbürger. Werde ich nicht recht behalten, werden die Amerikaner sagen, ich sei Europäer, die Franzosen, ich sei Deutscher, und die Deutschen, ich sei Jude.«

Eine Reise führte Einstein, der 1933 nach Princeton emigriert war, nach Kalifornien. Er wurde eingeladen, die Sternwarte des Mount-Wilson-Observatoriums zu besuchen. Dort stand damals das größte Fernrohr der Welt. Während sich Einstein mit den Wissenschaftlern unterhielt, wurde seine Frau aufgefordert, durch das Teleskop mit dem berühmten Fünfmeterspiegel zu schauen. Sie fragte, wozu man ein so riesiges Instrument benötige.

Es werde gebraucht, um die Dimensionen des Weltraums auszumessen, erklärte man ihr.

»Seltsam«, meinte Frau Einstein, »mein Mann macht das auf der Rückseite alter Briefumschläge.«

Bei der Einweihung des Harnack-Hauses in Berlin war auch Einstein anwesend. Da er 1921 den Nobelpreis für Physik erhalten hatte, war er bereits eine Berühmtheit, und die Reporter befragten ihn, woran er arbeite. Sie erfuhren: an einer Ergänzung seiner Feldtheorie, und wollten wissen, wann er diese veröffentliche.

»Ach, das geht schnell«, sagte Einstein. »Ich schreibe einfach eine Postkarte an Lorentz; dem Planck habe ich es schon gesagt.«

Da Einsteins Theorien nur wenigen Gelehrten verständlich waren, fragten ihn Studenten in Princeton einmal, ob er einen komplizierten Sachverhalt auch mit einfachen Beispielen und ohne Fremdwörter erklären könne, zum Beispiel das Geheimnis der drahtlosen Telegrafie.

»Stellen Sie sich vor«, sagte Einstein, »ein Dackel wäre so lang, dass er von New York nach London reicht. Wenn Sie ihn nun in New York in den Schwanz zwicken, so jault er in London. Das ist Telegrafie. Drahtlose Telegrafie ist dasselbe ohne Dackel.«

Da Einstein einen wesentlichen Teil seiner Konzentrationskraft auf die Geheimnisse des Universums richtete, hatte er mit irdischen Dingen gewisse Schwierigkeiten. So konnte er während einer Vortragsreise seine Fahrkarte nicht finden.

Er kramte, suchte, drehte alle Taschen um – vergebens. Der Fahrkartenkontrolleur hatte Mitleid und sagte, er solle sich einfach eine neue Fahrkarte kaufen und die alte als unbenutzt einreichen, wenn er sie gefunden habe, er bekäme dann sein Fahrgeld zurück.

»Das ist ja nicht das Schlimmste«, erwiderte Einstein, »ohne Fahrkarte weiß ich doch nicht, wohin ich eigentlich fahren wollte.«

Einstein war umgezogen und gab einem seiner Freunde die neue Telefonnummer – 24361. Dieser hatte nichts zum Schreiben und klagte, er könne sich Telefonnummern so schlecht merken.

»Aber diese ist einfach zu behalten«, widersprach Einstein: »Zwei Dutzend und neunzehn hoch zwei.«

Obwohl Einstein sich nicht als Sozialist bezeichnete, hatte er einen ausgeprägten Widerwillen gegen den kapitalistischen Reichtum. Er könne sich nicht denken, sagte er, dass Geld allein zu irgendetwas anderem führe als zu Eigennutz und Missbrauch.

Einige seiner Freunde widersprachen: Carnegie zum Beispiel habe riesige Beträge für die Forschung gestiftet, was der Menschheit zugutekomme.

»Können Sie sich aber«, entgegnete Einstein, »Moses, Jesus oder Gandhi bewaffnet mit Carnegies Geldsack vorstellen?«

Schon früh hatte Einstein eine beachtliche Abneigung gegen neue Kleidungsstücke. Ihre Anschaffung war ihm lästig.

Nach seiner Emigration traf er in New York einen Kollegen, der ihm riet, sich doch einen neuen Regenmantel zu kaufen, der alte gehe wirklich nicht mehr. »Aber hier kennt mich doch niemand«, sagte Einstein verwundert.

Ein Jahr später kam der Kollege nach Princeton. Einstein trug immer noch den alten Regenmantel. Sein Besucher fragte vorwurfsvoll, was denn die Leute von ihm denken sollten.

»Aber hier in Princeton kennt mich doch längst jedes Kind«, wehrte Einstein ab.

Bei einem Gespräch über die spezifischen Eigenschaften verschiedener Bevölkerungsgruppen analysierte man auch die Eigenschaften der preußischen Militärs.

»Sie sind ein Irrtum der Schöpfung«, sagte Einstein, »denn sie haben ein Gehirn, obwohl für sie das Rückenmark völlig genügt hätte.«

Zur Zeit des deutschen Faschismus diskutierte man auch in den Vereinigten Staaten, ob die Ein- und Unterordnung des Menschen in eine Gemeinschaft, die von einer starken Persönlichkeit geführt werde, nicht vielleicht doch ein Ideal wäre.

Auch Einstein wurde um seine Meinung gefragt.

»Um ein tadelloses Mitglied einer Schafherde sein zu können«, sagte er, »muss man vor allem eins: nämlich ein Schaf sein.«

Seit die erste neolithische Schlacht durch das plötzliche Herabschleudern von Felsbrocken entschieden worden ist, setzt man gerne im entscheidenden Abschnitt eines Kampfgeschehens schweres Geschütz ein.

Henriette griff also zu einem erotischen Bilderbuch – der Leihgabe einer Freundin –, reichte es Robert und zeigte ihm die merkwürdigsten Stellungen.

»Mir fällt dabei nur Picasso ein«, lachte Robert laut auf.

Und er erzählte, geistreich wie er war, zehn Anekdoten über Picasso.

Pablo Picasso

Pablo Picasso war in Malaga in Südspanien als Sohn eines Malers und Zeichenlehrers geboren worden. Dieser hielt ihn frühzeitig an zu zeichnen, sorgsam die Natur nachzubilden – und alsbald auf seinen Bildern bestimmte Einzelheiten zu Ende zu malen. Da der Vater hauptsächlich mit dem Malen von Fliedersträußen und Tauben sein Geld verdiente, wurden Picasso in der Regel die Stängel des Flieders und die Füße der Tauben anvertraut.

Der Vater war unzufrieden. »Ich weiß nicht«, sagte er, »was aus dem Jungen einmal werden soll. Malt er Fliederstängel, sehen sie wie Taubenfüße, und malt er Taubenfüße, so sehen sie wie Fliederstängel aus.«

Nachdem Picasso mit seinen Bildern Aufsehen erregt hatte, meldeten sich Schüler bei ihm. »Was soll ich malen, Meister?«, fragte ihn einer, als sie ihre Staffeleien an einem Teich aufgestellt hatten.

»Male nur, was du siehst«, riet ihm Picasso, »das tue ich auch.«

Nach einer Weile kam der Schüler und betrachtete, was Picasso gemalt hatte: Es waren Nymphen. Verwundert fragte er, wie sich das mit dem Ratschlag vereinbarte, nur zu malen, was man sähe.

»Aber ich sehe hier Nymphen«, antwortete ihm Picasso. »Du nicht?«

Im Louvre bestaunte Picasso die Farben von Ingres und Delacroix, die sich zu ihrer Zeit einander heftig befehdet hatten.

»Tatsächlich zwei feindliche Brüder«, stellte er fest, »und beide krank: Einer hat die Gelbsucht und der andere hat Scharlach!«

Als Picassos Malerei aufgrund ihrer Eigenwilligkeit zunehmend Verwunderung und Ablehnung hervorrief, behauptete eine amerikanische Kritikerin, wer so male, müsse gottlos sein.

»Aber ich bin ein frommer Mann«, verteidigte sich Picasso. »Also mache ich kein Bildnis noch Gleichnis dessen, was oben im Himmel, auf Erden noch unter Wasser ist.«

Ein junger Maler kam zu Picasso und zeigte ihm seine Bilder.

Dieser betrachtete sie lange und aufmerksam. Dann schüttelte er den Kopf und sagte: »Junger Mann, so etwas dürfen Sie erst malen, wenn Sie berühmt sind. Bis dahin müssen Ihre Bilder gut sein.«

Auf einer Versteigerung erzielten die Bilder von Picasso die höchsten Preise. Eins, für das er einst 500 Franken bekommen hatte, brachte seinem jetzigen Besitzer eine halbe Million.

Picasso war bei der Versteigerung anwesend. Wie er sich nach einem solchen Erfolg fühle, fragte man ihn.

»Wie ein Pferd, das den großen Preis gewonnen hat«, antwortete Picasso, »und dann den Hafersack umgehängt bekommt.«

Eine Weile, nachdem Picasso von seiner ersten Frau geschieden worden war, hörten seine engsten Freunde, zwischen beiden sei es wieder zu einer Annäherung gekommen. Nach einer schicklichen Weile erkundigten sie sich, ob Picasso seine erste Frau noch einmal zu heiraten gedenke.

»Nein«, klärte dieser sie auf, »was Gott getrennt hat, soll der Mensch nicht wieder zusammenfügen.«

Nach der deutschen Besetzung von Paris kamen auch deutsche Soldaten in das Atelier Picassos in der Rue des Grands-Augustins. Einer von ihnen kam mehrmals, blieb aber stumm.

Bei einem neuen Besuch sah er eine Kopie von »Guernica«. Er fasste sich ein Herz und fragte Picasso, ob er das gemacht habe.

»Nein«, sagte Picasso, »das haben Sie gemacht.«

Ein Kritiker, der mit Picasso über die Malkunst stritt, fragte Picasso, welches die Botschaft sei, die er mit seiner Malweise ausdrücken wolle.

»Ich überbringe keine Botschaften«, antwortete ihm Picasso. »Ich bin Maler, kein Postbeamter.«

Eine Abordnung der Kommunistischen Partei Frankreichs besuchte Picasso, als dieser das hohe Alter von 89 Jahren erreichte. Die Mitglieder der Abordnung wollten wissen, wie es Picasso gehe.

»Gesundheitlich gut«, erwiderte ihnen dieser, »aber es ist an der Zeit, dass ich das Feld räume: Ich beginne die Dinge so zu sehen, wie sie sind.«

Henriette griff zu, fest und entschlossen. Wenn nichts half, das musste doch helfen.

»Das und Erzählen auf einmal geht nicht«, sagte Robert und legte Henriettes Hand beiseite. »Erinnere dich, was Valentin sagte, als er eine Brille ohne Gläser trug: Alles auf einmal kann man nicht haben!«

Und er erzählte, geistreich wie er war, zehn Anekdoten über Valentin.

Karl Valentin

Bertolt Brecht hatte für die Kammerspiele in München das altenglische Stück »Leben Eduards II.« bearbeitet und inszeniert. Da er mit dem Volkskomiker Karl Valentin befreundet war, bat er ihn ins Theater und fragte ihn um Rat.

Valentin kam, musterte mit begehrlichen Blicken die Ritterkostüme, Rüstungen, Schwerter und Spieße und sagte zu Brecht: »Wissen S', das übernehme ich alles für mein neues Stück ›Die Raubritter von München‹; die Rüstungen muss man noch etwas ölen ... Das krieg' ich alles ganz billig. Hoffentlich setzen s' Ihr Stück bald vom Repertoire ab.«

Der Direktor eines Kabaretts im Berlin der zwanziger Jahre hieß Robitschek, war Jude und sah noch jüdischer aus. Er reiste nach München, um Valentin zu besuchen und ihn für ein Gastspiel zu engagieren.

Valentin öffnete selbst die Tür, sah Robitschek und rief entsetzt: »Um Gottes willen, die Preußen sind da.«

Während der Inflation nach dem Ersten Weltkrieg fiel die deutsche Mark täglich um Millionen. Nach der morgendlichen Bekanntgabe der neuen Kurse sagte ein Freund zu Valentin, ob er schon wisse, dass der Dollar jetzt auf einer Milliarde sechshundert Millionen fünfhundertfünfzigtausend Mark stehe.

»Mehr ist er auch net wert!«, antwortete Valentin.

Mitte der zwanziger Jahre gab es eine große Diskussion, was man tun könne, um den Theaterbesuch zu heben, der auf eine katastrophale Weise zurückgegangen war. Alle möglichen Reformvorschläge wurden ausgedacht und der Öffentlichkeit vorgelegt.

Auch Valentin beteiligte sich an der Diskussion. Er schlug eine radikale Lösung vor: die Einführung der »Allgemeinen Theater-Besuchs-Pflicht«.

Valentin war stets erbost, wenn sein Name von Norddeutschen mit W – also Walentin – ausgesprochen wurde. Als die Frau des Regisseurs Erich Engel ihn wieder einmal mit »Herr Walentin« anredete, drehte er sich böse um und sagte: »Wie geht's Ihrem Herrn Water?«

Nach der Machtergreifung Hitlers ließ Valentin in dem von ihm selbst geschaffenen Museum eine Guillotine aufstellen. Dies geschah, der Gründlichkeit wegen, unter der Assistenz eines wirklichen Scharfrichters. Später stand das Holzgerüst der Guillotine in seinem Grasgarten.

»Wissen S'«, sagte Valentin dazu, »damit das Enkelkind was zum Spielen hat. Es sind fast zweihundert Personen damit geköpft worden.«

In seinen Darbietungen mied Valentin obszöne Anspielungen, Politik und Religion. An einem Abend des Jahres 1935 durchbrach er diese Regel.

Er saß mit Bekannten am Wirtshaustisch und zechte still vor sich hin. Unentwegt grübelte er. Plötzlich sprang er auf, reckte den rechten Arm hoch und rief: »Heil –!«, senkte ihn wieder, reckte ihn erneut hoch, rief erneut »Heil –!«, und ließ ihn wieder sinken.

Betrübt sagte er zu seinen Zechgenossen: »Ich kann mir den Namen einfach net merken.«

Nach einer Vorstellung ging Valentin mit einem Gast zu Fuß nach Hause. Seine Wohnung lag am Stadtrand, der Weg war weit.

Er verdiene doch gut, sagte sein Begleiter, ob er kein eigenes Auto besitze.

»Nein«, antwortete Valentin, »nicht einmal eine eigene Tram.«

Hitler und seine Bewegung waren Valentin zuwider. Er hielt sich von ihnen so fern wie möglich.

Nach 1945 fragte ihn ein Freund, was er in den zwölf Jahren des tausendjährigen Reiches am meisten gefürchtet habe.

»Mit dem Hitler oder Streicher zusammen fotografiert zu werden«, sagte Valentin, »so was hätte doch geschehen können. Denken S' einmal, was das jetzt wäre – bei die Ami.«

Valentin hegte eine ausgeprägte Wertschätzung für wissenschaftliche Arbeiten. Ihre Erkenntnisse gab er öfter in seinen Darbietungen wieder. So: »Der Regen ist eine primöse

Zersetzung luftähnlicher Mibrollen und Vibromen, deren Ursache bis heute noch nicht stixiert wurde. Schon in früheren Jahrhunderten wurden Versuche gemacht, Regenwasser durch Glydensäure zu zersetzen, um binocke Milien zu erzeugen. Doch nur an der Nublition scheiterte der Versuch. Es ist interessant zu wissen, dass man noch nicht weiß, dass der große Regenwasserfaroscher Rembremerdeng das nicht gewusst hat.«

»Dann hör doch mit Erzählen auf«, protestierte Henriette so heftig, wie sie es bereits früher einmal getan hatte, »hör doch endlich auf damit!« Doch dann begriff sie, dass ihre List ebenfalls gescheitert war, dass sie nicht einmal, dass sie zweimal besiegt worden war, dass sie bei Robert nicht die geringste Chance hatte, genauso wie einst Potiphars Weib bei Joseph. Und dann brach sie, wirklich ganz gegen ihre Gewohnheit, in ein hysterisches Lachen aus, das ihren Körper schüttelte.

»Wie sollte ich aufhören«, sagte Robert, »wo du dich doch so sehr amüsierst und ich gerade bei Chaplin bin?«

Und er erzählte, geistreich wie er war, zehn Anekdoten über Chaplin.

Charles Spencer Chaplin

Als Charles Spencer Chaplin das erste Mal in einem Film von Mac Sennett auftreten sollte, wurde er aufgefordert, sich komisch zu schminken, gleich wie.

Chaplin erfand für sich jenes Tramp-Kostüm, mit dem er berühmt und reich werden sollte.

Mac Sennett betrachtete die ausgebeulten Hosen, die riesigen Schuhe, die schwarze Melone, den kleinen Schnurrbart und das Spazierstöckchen. Dann fragte er Chaplin, was dieser Habenichts darstellen solle.

»Zehn Millionen Dollar«, sagte Chaplin.

Nach dem großen Erfolg seiner ersten Filme freundete sich Chaplin mit Douglas Fairbanks an. Dieser war als Filmstar das genaue Gegenteil von ihm, ein Held und Herzensbrecher, der alle Hindernisse überwand, focht, ritt, kletterte und sich grundsätzlich optimistisch gab. Da er alle Dinge groß anpackte, ließ er für einen Film über Robin Hood eine Szenerie auf einem Gelände von fünf Hektar errichten, was damals sogar für Hollywood eine Sensation war. Stolz zeigte er Chaplin die errichtete Burg mit riesigen Wällen, Mauern, Zinnen, Wassergräben und einer ungeheuren Zugbrücke.

»Großartig«, sagte Chaplin. »Das wäre ein herrlicher Anfang für eine meiner Filmkomödien: Die Zugbrücke geht herunter, ich komme heraus, lasse die Katze an die Luft, hole die Milch herein und falle in den Wassergraben.«

Bei einem Geburtstagsfest in Hollywood unterhielt Chaplin seine Gäste damit, alle möglichen Leute nachzuahmen.

Schließlich sang er aus voller Brust eine Arie aus einer italienischen Oper.

Verwundert sagten seine Freunde, sie hätten noch gar nicht gewusst, dass er so schön singen könne.

»Ich kann überhaupt nicht singen«, sagte Chaplin, »ich habe nur Caruso nachgemacht.«

Bei einer geschäftlichen Verhandlung, in der es um Millionen Dollar ging, versuchte Chaplin eine Fliege totzuschlagen, die unablässig um seinen Kopf schwirrte. Es gelang ihm nicht, und Chaplin ließ sich eine Klatsche bringen.

Während die Konferenz weiterging, wartete Chaplin mit seiner Klatsche auf die Fliege. Dreimal schlug er zu, jedes Mal vergeblich. Endlich saß die Fliege so, dass der nächste Schlag sie unfehlbar treffen musste. Chaplin hob wieder die Klatsche, und die Konferenzteilnehmer hielten den Atem an. Doch plötzlich senkte Chaplin die Klatsche und ließ die Fliege entkommen.

Entsetzt fragte man ihn, warum er nicht zugeschlagen habe.

»Es war nicht die gleiche Fliege«, antwortete Chaplin.

Mit dem Film »The Kid« hatte Chaplin fünf Sechstel der Welt durch das Schicksal eines verlorenen Jungen zu Tränen gerührt. Eisenstein war ebenfalls begeistert und rühmte besonders die Szene, in der Kinder einer armen Familie wie Hühner gefüttert wurden. Er meinte, auf einen solchen Einfall könne nur ein Mann kommen, der Kinder liebe.

Chaplin behauptete, er könne Kinder nicht ausstehen, deshalb sei die Szene wohl so brutal ausgefallen.

Eisenstein war ratlos.

Chaplin tröstete ihn: »Haben Sie schon einmal ein Kind gesehen, das Kinder liebt?«

Auf einer Gesellschaft in New York traf Chaplin mit Albert Einstein zusammen. Der Physiker rühmte Chaplins Filme und meinte, was er an Chaplins Kunst am meisten bewundere, sei die Universalität. Jeder Mensch auf der Welt begreife sie.

»Ihr Ruhm ist noch viel erstaunlicher«, erwiderte Chaplin. »Die ganze Welt bewundert Sie, obwohl kein Mensch Sie begreift.«

In den meisten Filmen Chaplins wurden die Szenen in der Totale wiedergegeben. Die Kamera stand fest, die Dynamik wurde über eine raffinierte Schnitttechnik erzielt.

Mit der Zeit kamen neue Methoden auf. Die Kamera wurde beweglich, und die Regisseure versuchten, ein Geschehen aus ungewöhnlichen Perspektiven zu filmen.

Chaplin wurde gefragt, weshalb er nicht auch die neuen Techniken anwende.

»Ich bin selbst ungewöhnlich«, antwortete Chaplin, »ich brauche keine ungewöhnlichen Aufnahmewinkel.«

Chaplin hasste Hitler. Er tat alles, um ihn zu bekämpfen. Bevor er ihn in dem Film »Der große Diktator« der Lächerlichkeit preisgab, veröffentlichte er in den Zeitungen Anzeigen, in denen er Hitler des Plagiats bezichtigte.

»Hitler«, so inserierte er, »hat meinen Schnurrbart kopiert.«

Nachdem man 1952, als Chaplin sich auf einer Europareise befand, sogar einen Haftbefehl gegen ihn erließ, kehrte er nicht mehr in die USA zurück und ließ sich in der Schweiz nieder. 1956 drehte er den Film »Ein König in New York«, in dem er seine Meinung über das McCarthy-Komitee sinnfällig darstellte.

Der kleine König wird ebenfalls vor das Komitee geladen, erscheint, verheddert sich aus Versehen und Verlegenheit beim Eintritt in einen Feuerlöschschlauch und spritzt das ganze Komitee zur Tür hinaus.

Je stärker die Sozialkritik in den Filmen Chaplins wurde, umso mehr befehdete ihn die reaktionäre amerikanische Presse. Man wühlte in seinem Privatleben und erhob die absurdesten Beschuldigungen gegen ihn. Schließlich bezichtigte man ihn kommunistischer Neigungen, des Verrats, der Feigheit, der Vergewaltigung, nur mittelgroß zu sein sowie unamerikanischer Umtriebe.

Die Kampagne gegen ihn erreichte ihren Höhepunkt in der Aufforderung von Senator McCarthy, sich vor dem Komitee für unamerikanische Umtriebe zu verantworten.

Chaplin sagte nach anfänglichen Weigerungen sein Erscheinen zu, allerdings nur in Kostüm und Maske als »Charlie«.

Das Komitee verzichtete umgehend.

Zu Roberts Zufriedenheit beruhigte sich Henriette tatsächlich.

Wenn die Schläge des Schicksals den Menschen erst getroffen haben, werden starke Naturen ruhig und eher heiter. Und Henriette war eine starke Natur.

Noch einmal dachte sie über die eingetretene Lage nach. Sollte sie Robert nun hassen, nachdem es ihm misslungen war, sie zu lieben, und ihr, ihn zu verführen? Hatte er nicht, so gut wie es ihm möglich war, der Pflicht eines Mannes genügt und sein Bestes gegeben, wenn dies auch sehr anders geartet war, als sie es sich vorgestellt hatte? War ein Mann nicht selber vom Schicksal geschlagen, wenn bei ihm stets der Geist über das Fleisch siegte? Henriette beschloss, Frieden zu schließen und Robert nicht mehr böse zu sein.

»Mein Armer«, sagte sie deshalb, »ich verlange jetzt, dass du, mich aufzuheitern, mir einige besonders lustige Geschichten erzählst! Wer kommt dafür infrage?«

»Ilja Ehrenburg natürlich«, antwortete Robert vergnügt, der von Henriettes Wandlung ungemein entzückt war.

Und er erzählte, geistreich wie er war, zehn Anekdoten über Ehrenburg.

ILJA EHRENBURG

Der russische Schriftsteller Ilja Ehrenburg, der vor dem Ersten Weltkrieg nach Paris kam, hing eine Weile der Auffassung an, man bekämpfe die bürgerliche Gesellschaft am besten, indem man ihre Sitten und Regeln missachte. So zog er sich auf dem Boulevard Montparnasse, direkt neben einem Polizisten, splitternackt aus.

Dieser betrachtete ihn träge und meinte wohlwollend: »Na Alter, ist dir nicht kalt?«

Nach der Oktoberrevolution kehrte Ehrenburg in die Heimat zurück. Zusammen mit dem russischen Tierdresseur Anatolij Durow, der in Moskau ein berühmtes Tierensemble für Kinder spielen ließ, überlegte Ehrenburg, wie man den Kampf der Arbeiter gegen die Kapitalisten in diesem Theater darstellen könne.

Endlich fanden sie die Lösung: Ein dressierter Hase hoppelte auf die Bühne, las ein großes Buch mit der Aufschrift »Das Kapital«, rief zwanzig andere Hasen herbei, wies ihnen mit den Pfoten die Richtung, woraufhin diese mit Spielzeugkanonen eine Burg beschossen, die von Kaninchen verteidigt wurde. Diese waren mit Gewehren bewaffnet, und trugen Stahlhelme.

Nachdem die Hasen die Burg erstürmt und die rote Fahne gehisst hatten, stürzten die Kinder, unter kaum beschreibbarem Jubel, auf die Bühne und liebkosten die Hasen und Kaninchen, so dass es zu jener Vermischung von Darstellern und Zuschauern kam, von denen alle Theaterveränderer träumen.

Die Vorstellung lief zwei Jahre lang mit ungeheuerem Erfolg. Der Titel stammte von Ehrenburg. Er hieß: »Hasen aller Länder, vereinigt Euch!«

In den zwanziger Jahren kam plötzlich die Behauptung in Umlauf, das Werk Shakespeares sei von jemandem anderen verfasst worden, und die bürgerliche Literaturwissenschaft forschte sofort emsig nach, wer von den Zeitgenossen Shakespeares dafür infrage komme, freilich ohne sich auf einen Namen einigen zu können.

»Ich weiß die Lösung«, sagte Ehrenburg dazu. »Das Werk Shakespeares wurde nicht von Shakespeare geschrieben, sondern von einem Mann gleichen Namens.«

In New York wollte Ehrenburg erfahren, wie der amerikanische Kapitalismus genau funktioniere, und kaufte sich eine Zeitung, als der Zeitungsjunge ausrief: »Riesenschwindel! 98 Opfer!«

Zu seiner Verwunderung fand Ehrenburg weder von einem Riesenschwindel noch von Opfern auch nur eine Zeile in dem Blatt. Er ging wieder zu dem Zeitungsjungen zurück und beschuldigte ihn, gelogen zu haben.

Dieser blieb ungerührt. Aber er rief nun aus: »Riesenschwindel! Bereits 99 Opfer!«

Auf einer seiner zahlreichen Reisen traf Ehrenburg in Berlin den amerikanischen Filmregisseur Milestone.

Dieser verfilmte gerade Remarques Roman »Im Westen nichts Neues« und hatte Schwierigkeiten mit seinem Produzenten. Aufgeregt berichtete er Ehrenburg, dieser verlange ein Happy End.

»Ich wüsste eins«, sagte Ehrenburg, »Deutschland gewinnt den Ersten Weltkrieg.«

Als Hitler in Deutschland die Macht an sich gerissen hatte, hielt Goebbels wieder einmal eine seiner demagogischen Reden im Sportpalast.

»Er ist ein wahrer Volksredner«, stellte Ehrenburg dazu fest. »Wenn er Vaterland sagt, ist er auch stets bereit, das Leben seiner Zuhörer dafür zu opfern.«

In seinem ersten Roman, »Das Leben des Julio Jurenito«, sagte Ehrenburg bereits die schrecklichen Pogrome gegen jüdische Menschen voraus, die der Faschismus dreißig Jahre später vollbrachte. Nach Ende des Zweiten Weltkrieges fragte man ihn deshalb, wieso er fähig gewesen wäre, diese Vorhersage zu machen.

»Ich dachte darüber nach«, antwortete Ehrenburg.

Egon Erwin Kisch hatte seinen ersten Roman geschrieben und erzählte Ehrenburg davon: »Endlich habe ich herausgefunden, wie es gemacht wird, und wenn man es weiß, ist es viel einfacher, als man denkt.«

»Psst!«, erwiderte Ehrenburg. »Verrate uns nicht.«

Im Streit um die rechte Schreibweise behauptete ein führender Literaturtheoretiker, die Aufgabe des Schriftstellers bestehe vor allem darin, sich die richtigen Tatsachen zu verschaffen.

»Einverstanden«, entgegnete Ehrenburg, »und wenn man sie sich verschafft hat, verlangt die Kunst, dass man sie nach Belieben verdreht.«

Im Laufe seines Lebens schrieb Ehrenburg mehr als dreißig Bücher und war einer der meistgelesenen Schriftsteller seines Landes. Aber es gelang ihm nie, die ungeteilte Zustimmung der Kritiker zu finden; sie nörgelten weiterhin an ihm herum.

»In meiner Schulzeit«, sagte Ehrenburg dazu, »hatte ich einen Lehrer, der mit meinen Aufsätzen unzufrieden war. Er sagte, ich höre nicht richtig zu und schriebe, was mir so einfalle. Seit ich Schriftsteller geworden bin, wiederholen die Kritiker seine Worte: Hört im Unterricht nicht zu, schreibt, was ihm so einfällt.«

Henriette sann: War Robert nun ein Opfer einer von der Natur gegebenen Anlage, zuviel Geist zu haben, oder war soviel Geist zu haben seine eigene Schuld? Aber soviel sie auch sann, sie fand die Antwort nicht.

»Vielleicht gehörst du einfach zu einer verlorenen Generation«, sagte sie nachdenklich zu Robert, ohne ihn in ihren eigentlichen Gedankengang einzuweihen, »aber stammt der Begriff nicht von Hemingway?«

»Doch«, sagte Robert.

»So erzähle schon von ihm«, lächelte Henriette.

Und er erzählte, geistreich wie er war, zehn Anekdoten über Hemingway.

Ernest Hemingway

Ernest Hemingway war im Mittelwesten der Vereinigten Staaten aufgewachsen, und seine Mutter beschloss, etwas für seine feinere Bildung zu tun: Er musste Cello spielen lernen. Seine Begabung dafür ließ ein wenig zu wünschen übrig. Dessen ungeachtet hatte er jahrelang täglich eine Stunde auf dem Instrument zu üben.

Als man ihn später fragte, wie er zum Schreiben gekommen sei, sagte Hemingway: »Durch die Stunden, die ich im Musikzimmer zubringen musste. Während ich auf dem Cello immer wieder ›Pop Goes the Weasel‹ herunterkratzte, dachte ich mir Geschichten aus. Jede Stunde eine. Es war meine Entdeckung der Shortstory.«

Im Ersten Weltkrieg wurde Hemingway als Sanitätssoldat an der italienischen Front von Granatsplittern verletzt. Trotzdem schleppte er einen verwundeten Kameraden nach hinten, wobei ihn zwei Maschinengewehrkugeln unterhalb des Knies trafen.

In den Berichten, die in der lokalen Presse seiner Heimatstadt erschienen, stieg, von Hemingway unterstützt, die Anzahl seiner Verwundungen beachtlich. Während er sich anfangs noch mit siebenundzwanzig Granatsplittern und zwei Kugeln zufriedengab, steigerten sich diese Zahlen später auf zweihundertsiebenundzwanzig Granatsplitter und zweiunddreißig Kugeln vom Kaliber fünfundvierzig. Als endlich Berichte erschienen, er habe die Einschusslöcher mit Zigaretten und Taschentüchern verstopft und weitergekämpft, dementierte Hemingway doch.

»Um die Wahrheit zu sagen«, bemerkte er, »Taschentücher hatten wir keine.«

Der Roman »Fiesta« hatte auf Hemingways Leser einen so autobiografischen Eindruck gemacht, dass man allgemein überzeugt war, der Autor habe seine Genitalien im Krieg ganz oder teilweise eingebüßt. Die Geburt seiner Söhne schaffte zwar eine gewisse Verwirrung, galt aber mit Recht nicht als stichhaltiger Gegenbeweis.

Ein belesener Reporter wollte die Wahrheit ermitteln und suchte Hemingway auf, als er nach einem Autounfall in Montana im Krankenhaus lag.

Dieser schüttelte sich vor Lachen und erklärte, es handele sich um eine Legende. Der Reporter blieb skeptisch. »Machen Sie doch ein Foto«, sagte Hemingway und schlug die Bettdecke zurück. »Das Problem ist nur: Wie beweisen Sie Ihren Lesern die Echtheit?«

In seiner Jugend hatte Hemingway boxen gelernt. Er blieb bis ans Ende seines Lebens ein begeisterter Anhänger dieser Sportart. Der Boxjargon kehrte auch in seinen literarischen Urteilen wieder.

»Maupassant war gut«, äußerte er, »aber ich habe ihn nach Punkten geschlagen. Mit Stendhal war ich dreimal im

Ring und habe ein gutes Unentschieden herausgeholt. Aber gegen Tolstoi anzutreten habe ich Schiss.«

Eine der üblichen Kampagnen gegen erfolgreiche Schriftsteller hatte begonnen. Man warf Hemingway vor, er habe seine Stoffe von anderen Autoren gestohlen, sich die Fabeln schreiben lassen und seine literarische Produktion sei überhaupt von minderwertiger Qualität. Er zuckte uninteressiert mit den Achseln.

An anderer Stelle behauptete man, er verführe Jungfrauen, lebe unmoralisch, sei impotent, außerdem ein Hahnrei, schnupfe Kokain und seine Denkweise sei kretinös. Hemingway winkte ebenso uninteressiert ab.

Da behauptete ein Provinzblatt, er sei auch als Sportfischer eine Null und schmücke sich mit fremden Fängen.

»Wer ist der Schuft, der das geschrieben hat?«, sagte Hemingway empört. »Ich werde ihm alle Knochen brechen.«

Hemingway war viermal verheiratet. Seine Frau Mary Welsh lernte er während des Zweiten Weltkriegs in Frankreich kennen, wo er Kriegsberichterstatter war. Bevor sie sich endgültig entschlossen zu heiraten, geriet ihre Beziehung in eine schwere Krise: Hemingway hatte mit einer Pistole in einen Raum geschossen, in dem sich Mary Welsh aufhielt.

Marlene Dietrich, die mit beiden befreundet war, vermittelte und machte ihm wegen des Vorfalls Vorwürfe.

»Aber Kraut«, sagte Hemingway resigniert, »ich war doch nur gut gelaunt.«

Der Kritiker Max Eastman hatte einige kritische Anmerkungen zu Hemingways Stil gemacht, die allgemein als fair galten. Aber Hemingway war ungehalten, weil Eastman geschrieben hatte, er habe sozusagen falsche Haare auf der Brust.

Durch Zufall trafen beide in einer Agentur zusammen. Sie begannen mit Komplimenten, gingen dann zu Anzüglichkeiten über und trugen endlich ihre künstlerischen Meinungsverschiedenheiten durch eine Keilerei aus. Anschließend gaben beide getrennt Kommentare über diesen Vorfall an die Presse.

Er habe mit Hemingway gerungen, berichtete Eastman.

»Und ich«, erklärte Hemingway, »habe ihm Unterricht im Boxen erteilt. Er findet meinen literarischen Stil jetzt viel besser.«

Nach der Einnahme von Paris durch die alliierten Truppen versuchte Hemingway, der mit den ersten Abteilungen eintraf, seinen Freund Picasso wiederzusehen.

Er fuhr mit seinem Jeep zu dessen Atelier.

Picasso war nicht da.

Eine Haushälterin, die gewohnt war, dass Freunde Picassos während der Kriegszeit öfter Lebensmittelgeschenke für ihn abgaben, fragte Hemingway, ob er kein Geschenk für Picasso hinterlassen wolle.

»Daran habe ich noch gar nicht gedacht«, sagte Hemingway, ging zu seinem Jeep und deponierte bei der entsetzten Haushälterin eine Kiste mit Handgranaten.

In London war Hemingway der Königin Elizabeth II. vorgestellt worden. Später sagte die Monarchin in einem Gespräch über amerikanische Literatur, sie kenne Hemingway persönlich.

Freunde gaben diesen Ausspruch an den Schriftsteller weiter.

»Ach«, sagte Hemingway, »da hat sie ein bisschen geprahlt.«

Hemingway ärgerte sich über einen Kollegen, der ihn ständig kopierte und seine Ideen stahl. Er entschloss sich zu rigorosen Gegenmaßnahmen.

»Ich habe dem Schuft das Handwerk gelegt und einfach zwei Jahre nicht mehr geschrieben«, erzählte er seinen Freunden. »Da war er pleite.«

»Fehlt nicht Brecht?«, fuhr Henriette auf.

»Von ihm könnte ich dir 99 erste und 100 weitere erzählen«, erwiderte Robert, »aber ich will es bei den üblichen zehn belassen.«

Und er erzählte, geistreich wie er war, zehn Anekdoten über Brecht.

Bertolt Brecht

Als Bertolt Brecht noch ein Knabe war, hing seine Versetzung aus der Tertia von einer Klassenarbeit in Französisch ab. Die Arbeit ging daneben. Einem Mitschüler geschah dasselbe in Latein. Dieser radierte einige Fehler aus, ging zum Professor und verlangte eine bessere Note. Er bekam eine schlechtere, die radierten Stellen waren zu dünn geworden. Brecht erkannte die Nachteile dieses Verfahrens. Er nahm rote Tinte, strich sich in seiner Arbeit mehrere Stellen als Fehler an, die keine waren, und ging auch zum Professor: Was hier falsch sei? Der Lehrer war bestürzt: Die Stellen seien richtig. – Wenn der Herr Professor sich so in der Zahl der Fehler geirrt habe, meinte Brecht, müsse er ihm doch eine bessere Note geben. Der Lehrer beugte sich dieser Logik, und Brecht wurde versetzt.

Thomas Mann und Brecht liebten einander nicht besonders. Brecht hatte soeben sein Stück »Mutter Courage und ihre Kinder« geschrieben. Er gab es der Schauspielerin Therese Giehse zu lesen, und diese gab es an Thomas Mann weiter.

Nach einigen Tagen erhielt sie es mit der Bemerkung zurück: »Ich muss zugeben, das Scheusal ist begabt.«

Therese Giehse berichtete das umgehend. Brecht lächelte und erwiderte: »Ich fand seine Kurzgeschichten auch schon immer gut.«

In Berlin hatte Brecht in den ersten Jahren nicht immer satt zu essen. Mit seinem Freund Arnolt Bronnen fuhr er oft zu Aschinger, wo es Gratisbrötchen gab. Die Schnellbahn hatte damals noch Wagen erster und zweiter Klasse. Auf dem Bahnsteig trennten sich die Freunde – Brecht stieg in die zweite Klasse, Arnolt Bronnen, der ein Monokel trug, in die erste. Am Zielbahnhof trafen sie dann wieder zusammen.

In dem bekannten Lokal aßen die Freunde dann Erbsensuppe: Arnolt Bronnen ohne, Brecht mit Speck.

Über die DDR kam in den ersten Jahren eine Flut von Fragebogen, die keinen verschonte. Auch Brecht musste über Herkunft, Name, Geschlecht, Religion, beruflichen Werdegang, Arbeitsstellen, Fremdsprachen, Aufenthalt im Ausland und viele andere Fragen gewissenhaft Auskunft erteilen. Brecht tat es geduldig.

Auf die Frage, welcher Massenorganisation er angehöre, wusste er keine Antwort. Er überlegte lange. Endlich schrieb er in die vorgesehene Rubrik: »Nationalpreisträger«.

Von einem Film, den er in Marseille gesehen hatte, war Brecht tief beeindruckt. Der Film hieß »Butterfly« und bestand zu 90 Prozent aus Szenen, in denen sich abwechselnd ein Marineoffizier mit der Titelheldin und sein Bursche mit der Zofe im Bett vergnügten. Der Rest zeigte in kurzen Zwischenblenden, wie die beiden Seeleute, Taschentücher schwenkend, in Japan ankamen und abfuhren, von den beiden Frauen glückstrahlend begrüßt oder weinend verabschiedet. Dazwischen gab es noch ein paar Aufnahmen plätschernder Meereswellen, die das Getrenntsein der Liebenden symbolisierten. Alles andere spielte sich im Bett ab, anderthalb Stunden lang.

»Dieser Film«, sagte Brecht, »hat mich durch die glückliche Lösung eines der schwierigsten ästhetischen Probleme beeindruckt. Es war wirklich ein Meisterwerk. Denn bei der Pornografie besteht eben die große Schwierigkeit darin, die nichtpornografischen Partien, ohne die es bedauerlicherweise keine Fabel gibt, auf ein Minimum zu reduzieren.«

In einem Gespräch über das Sonett-Werk des Dichters Johannes R. Becher behauptete der Schriftsteller Peter Hacks, eigentlich könne man heute gar keine Sonette mehr schreiben. Brecht widersprach heftig und sagte: »Meines Wissens habe ich Sonette geschrieben.«

»Meines Wissens aber nur zu parodistischen Zwecken!«, antwortete Peter Hacks.

Brecht hob Kopf und Zeigefinger und sagte stolz: »Und zu pornografischen!«

Die Chronik »Mutter Courage und ihre Kinder« sollte in Prag aufgeführt werden. Aber dort wünschte man einen revolutionären Schluss. So wurde ein Dramaturg zu Brecht geschickt mit dem Auftrag, ihn um einen neuen Schluss zu bitten.

Der Dramaturg studierte eine Weile Brecht, und sein Mut sank. Endlich trieb ihn das Pflichtgefühl zu Brecht, und er brachte seine Bitte vor.

Brecht hörte ihm aufmerksam zu und sagte dann: »Sehen Sie, ich bin ein Klassiker. Man wird das Stück spielen mit dem alten Schluss. Man wird das Stück spielen mit einem neuen Schluss. Warum soll ich also einen neuen Schluss schreiben?«

Ein alter Freund fragte Brecht, warum er am Berliner Ensemble so viele Dummköpfe um sich versammelt habe. Brecht antwortete ausweichend, niemand sei zu allem unnütz; man müsse nur herausfinden, wozu er tauge.

Nach einer Weile fügte er hinzu: »Ich hatte einen Bekannten, den Philosophen Karl Korsch, der ließ sich eine Wasserleitung ins Arbeitszimmer legen. Das Plätschern des Wassers übertönte den störenden Lärm der Straße. Dieses Plätschern besorgen bei mir die Dummköpfe.«

Der Literaturwissenschaftler Georg Lukács kam aus jüngerem ungarischem Adel. Er traf bei Brecht den Schriftsteller Bernard Brentano, der von älterem Adel war. Sie gerieten in Streit über das Prinzip der literarischen Montage. Bernard Brentano war dafür, Georg Lukács dagegen. Der Streit war erbittert, beide wurden ausfallend. Bernard Brentano schreckte vor persönlichen Beleidigungen nicht zurück. Brecht griff ein und sagte ihm: »Verlassen Sie mein Haus.«

Georg Lukács bedankte sich: »Das werde ich Ihnen nicht vergessen. Wenn dieser Mensch noch eine Weile weitergesprochen hätte, hätte ich mich mit ihm schlagen müssen.«

Einige Tage später traf Brecht den anderen Schriftsteller.

Dieser bedankte sich ebenfalls: »Sie haben richtig gehandelt. Wenn Lukács noch eine Weile weitergesprochen hätte, hätte ich mich mit ihm schlagen müssen.«

Brecht erzählte den Vorgang einem Freund und sagte: »Da sind nun beide seit vielen Jahren Kommunisten. Aber kaum unterhalten sie sich über Ästhetik, da schlägt das Aristokratische wieder in ihnen durch.«

Freunde von Brecht rätselten über die alte Streitfrage: Was ist Kunst? Nach langer Debatte sagte einer ärgerlich: »Alles Quatsch. Kunst ist, wenn man mitten in die Stube scheißt.«

Brecht horchte auf und begann zu überlegen. »Nein«, sagte er. »Kunst ist, wenn man unter Beifall mitten in die Stube scheißt.«

Henriettes Augen waren müde geworden, trotzdem schlug sie sie noch einmal auf, sah Robert an, lächelte wehmütig und sagte: »Wie schade, dass dich das Unglück trifft, geistreich zu sein.« Dann schloss sie die Augen, bat Robert noch, die Türe sorgfältig hinter sich zuzuziehen, und fragte, bereits leicht schlummernd: »Wer ist der Letzte?«

»Peter Hacks«, antwortete Robert und war seinerseits auch ein wenig traurig, dass diese Nacht nun zu Ende ging.

»Was«, fuhr Henriette auf der Stelle hoch und war mit einem Mal hellwach, »Hacks-Anekdoten machen doch so außerordentlich sinnlich!«

»So«, sagte Robert verwundert und legte Henriette wieder behutsam in ihre Kissen zurück, »das ist mir neu.«

Und er erzählte, geistreich wie er war, der nun endgültig einschlafenden Henriette, zehn Anekdoten über Hacks.

Peter Hacks

Der Dramatiker Peter Hacks, der 1955 die Verleihung des Kulturpreises der Stadt München mit der Übersiedlung in die Hauptstadt der DDR beantwortete, rühmte sich des Öfteren eines Mutes, der nicht vor den höchsten Heiligtümern der Nation zurückschrecke.

»Andere Leute«, sagte er, »beleidigen Politiker oder hohe Beamte und glauben, es wäre wunder was. Ich dagegen habe den Müller von Sanssouci, Günter Grass und Wolf Biermann beleidigt.«

Hacks hatte einem Lektor ein Manuskript von Kindergedichten übergeben. Der Verlag ließ ein Vierteljahr nichts hören und übersandte Hacks dann eine Liste mit achtzehn Änderungsvorschlägen. Wieder ein Vierteljahr später kam die Anfrage, warum Hacks zu der Liste nicht Stellung genommen habe.

»Es war natürlich von hohem privatem Interesse für mich«, schrieb er zurück, »zu erfahren, welches Buch Sie geschrieben haben würden, wenn Sie es hätten schreiben können.«

Nach einem weiteren Vierteljahr erschienen die Gedichte so, wie Hacks sie gedichtet hatte.

Aus grundsätzlichen Erwägungen bevorzugte Hacks die Komödie. Sein Kollege Heiner Müller bevorzugte aus ebenso grundsätzlichen Erwägungen die Tragödie.

Da Hacks mit alten Möbeln lebte, die er zweckmäßiger fand als neue, äußerte ein Besucher die Vermutung, sein Kollege werde sich eines Tages ebenfalls antik einrichten. »Ich bin sicher«, sagte Hacks zustimmend. »Mit Guillotinen de l'époque.«

Als ein Schüler Herodots liebte Hacks es nicht, wenn man leichtfertig die Einrichtungen fremder Länder kritisierte. »Alle machen es eben anders«, sagte er. »Bei uns ist es erlaubt, eine Negerin zu heiraten, und verboten, das Staatsoberhaupt zu töten. In Texas ist das wieder umgekehrt.«

Die Nachricht, sieben Städte Griechenlands hätten sich um die Ehre gestritten, der Geburtsort des Verfassers der Ilias zu sein, hielt Hacks für einen Überlieferungsfehler.

»Nach meiner Kenntnis der Welt«, äußerte er, »haben sich sieben Städte gegen den Vorwurf gewehrt, Homer geboren zu haben.«

Zur Erstaufführung seines Schuhu-Märchens reiste Hacks von Berlin nach München. Gegen Mitternacht drang ein Beamter des Bundesgrenzschutzes zu ihm in das Single-Coupé und verlangte, Zweck und Absicht seiner Ortsveränderung zu wissen. Hacks erklärte wahrheitsgemäß, er fahre nach München, um dort ins Theater zu gehen. Der Beamte, in ihm einen hohen Funktionär der SED vermutend, hielt das für unwahrscheinlich und zieh ihn mit groben Worten der Lüge.

»Wie«, fragte ihn Hacks, »halten Sie das Münchener Theater für so erbärmlich, dass es für Sie ausgeschlossen ist, dass einer nach München fährt, um es zu besuchen?«

Nachdem er der Premiere beigewohnt hatte, erzählte er diese Begebenheit und setzte nachdenklich hinzu: »Der Kerl scheint über einen gewissen Kunstverstand verfügt zu haben.«

Das weltberühmte Berliner Ensemble wurde nach dem Tode seines Gründers Bertolt Brecht von einem seiner Schüler, Manfred Wekwerth, weitergeführt. Dies geschah mit einer neuen Inszenierungsweise: dem religiösen Verkündigungsspiel. Sie wurde sofort in der ganzen Welt nachgeahmt.

Freunde des Hauses meinten deshalb, die neue Richtung brauche auch einen neuen Namen.

»Der bietet sich doch an«, sagte Hacks: »Manfred Wekwerths drollige Dogmenbühne.«

Als es Mode wurde, die Vorzüge der Großfamilie zu erörtern, zeigte sich Hacks zurückhaltend.

»Der ganze Fortschritt, den ich sehe«, sagte er, »ist folgender: In einer Kleinfamilie ahnt man, wo seine Frau steckt; in der Großfamilie weiß man es.«

Im Jahre 1964 verbrachte Hacks einige Zeit in Novotnýs Prag. Er studierte die Einrichtungen des Landes und schrieb dann eine Postkarte an einen Freund. Sie begann mit den Sätzen: »Die Leute hier sind alle Revisionisten. Sie haben eine Ökonomie wie China und eine Kultur wie Heidelberg.«

Nach dem Eingreifen der fünf Warschauer-Pakt-Staaten im Sommer 1968 meinte er verwundert: »Ich habe gar nicht geahnt, welche Folgen meine Plauderhaftigkeit noch haben würde.«

Der Herbert Wehner der bundesdeutschen Theaterkritik, Henning Rieschbieter, fragte Hacks nach den Möglichkeiten für Dramatiker in den beiden deutschen Staaten.

Hacks erläuterte: »In der DDR fällt einem viel ein, und man kann es nicht verkaufen. In Westdeutschland fällt einem gar nichts ein, und es verkauft sich glänzend. Wer sich den Luxus irgendwie leisten kann, sollte unbedingt in der DDR leben.«

Henriette war entschlummert. Robert ging. Draußen begann es zu tagen, und die Luft war noch immer lau.

Robert beschloss, den Weg nach Hause nicht zu übereilen, und ging gemächlich zu seinem alten Auto. Er war wohlgemut. Das einzige, was sein Wohlbefinden störte, waren die vielen Anekdoten, die ihm nun noch alle einfielen oder die er, der Schicklichkeit wegen, weggelassen hatte.

Und geistreich, wie er war, beschloss er, das Versäumte bei nächster Gelegenheit nachzuholen.

ISBN 978-3-359-02343-2

3. Auflage, 1. Auflage dieser Ausgabe

Umschlaggestaltung: Verlag
Druck und Bindung: CPI Moravia Books GmbH

Ein Verlagsverzeichnis schicken wir Ihnen gern:
Eulenspiegel · Das Neue Berlin Verlagsgesellschaft mbH & Co. KG
Neue Grünstraße 18, 10179 Berlin
Tel. 01805/30 99 99
(0,14 €/Min., Mobil max. 0,42 €/Min.)

Die Bücher des Eulenspiegel Verlages erscheinen
in der Eulenspiegel Verlagsgruppe.

www.eulenspiegel-verlag.de